公元787年，唐封疆大吏马总集集诸子精华，编著成《意林》一书6卷，流传至今
意林：始于公元787年，距今1200余年

意林®

一则故事　改变一生

媒体评价

"亚历克斯和瑞恩这对黄金搭档，让人联想起古墓探险电影的经典人物印第安纳·琼斯（电影《夺宝奇兵》的主角）和劳拉·克罗夫特（《古墓丽影》的主角），当然前一对要年轻得多。书中有两条线，一是死亡行者复活带来的灾难，二是亚历克斯和瑞恩为了找到失踪的妈妈，踏上了险象环生的冒险旅程。两条线穿插交织在一起，张弛有度，读来令人欲罢不能。"

——Kirkus Reviews(《柯克斯书评》)

"一场惊心动魄的冒险，背景充满了埃及神话等神秘元素。相信该书推出后定会一鸣惊人，在读者中引起不凡反响。"

——Booklist（《书单》）

"情节推动快，高潮迭起。读者除了能享受到快节奏的阅读体验，还可以玩同名电脑游戏。相信读者在看完这一本后，会无比期待故事的后续发展。"

——Voice of Youth Advocate（《青年倡导者之声》）

"情节惊险、刺激、发展快，能牢牢地吸引住读者往下看。"

——School Library Journal（《学校图书馆期刊》）

TOMBQUEST

古墓奇谭 2

护身符守卫者

AMULET KEEPERS

[美] 迈克尔·诺斯鲁普 著 王映红 译

CNS
PUBLISHING & MEDIA
中南出版传媒

湖南少年儿童出版社
HUNAN JUVENILE & CHILDREN'S PUBLISHING HOUSE

图书在版编目（ＣＩＰ）数据

古墓奇谭.2,护身符守卫者 /（美）迈克尔·诺斯
鲁普著；王映红译. — 长沙 : 湖南少年儿童出版社,
2017.8

ISBN 978-7-5562-3241-3

Ⅰ.①古… Ⅱ.①迈… ②王… Ⅲ.①长篇小说 – 美
国 – 现代 Ⅳ.①I712.45

中国版本图书馆CIP数据核字（2017）第098680号

古墓奇谭２护身符守卫者
GUMU QITAN 2 HUSHENFU SHOUWEIZHE

总 策 划：顾 平 宋春华	**责任编辑**：向艳艳
出 品 人：杜普洲	**统筹编辑**：罗 艳
图书策划：宋春华 张朝伟	**执行编辑**：罗 艳 吴燕慧
质量总监：阳 梅	**装帧设计**：资 源 张 龙

出 版 人：胡 坚
出版发行：湖南少年儿童出版社
社址：湖南省长沙市晚报大街89号　　　　**邮编**：410016
电话：0731-82196340（销售部）　　　82196313（总编室）
传真：0731-82199308（销售部）　　　82196330（综合管理部）
常年法律顾问：北京市长安律师事务所长沙分所　　　张晓军律师

印刷：北京嘉业印刷厂
印张：11
开本：700 mm×1000 mm 1/16
字数：150千字
版次：2017年8月第1版
印次：2017年8月第1次印刷
定价：25.80元

你的少年时代，需要一场冒险
——献给渴望冒险、热爱挑战的男孩和女孩

人物介绍

亚历克斯·森尼弗

本书男主人公，对古埃及知识颇有研究。他身世离奇，患有怪病，差点就死了。但他妈妈用"失传的符咒"将他从死亡之门救了回来。在对抗死亡行者的过程中，他学会了操控圣甲虫护身符，并学会了运用《死亡之书》，逐渐变得强大。

瑞恩·杜兰

本书女主人公，亚历克斯最好的朋友。她勤奋好学，是纽约上东区最刻苦、最有毅力的女孩。在亚历克斯的妈妈失踪后，她一直陪着亚历克斯调查他妈妈失踪的原因，并帮助他对付邪恶的死亡行者。

卢克

亚历克斯的表哥，校运动员，亚历克斯和瑞恩去英国时，几次三番救了他俩，因此也加入到了对付死亡行者的行动中。

阿迪提

大英博物馆工作人员，亚历克斯和瑞恩在伦敦的导师。

利亚姆

兄弟会的杀手，说话有很浓的口音，多次堵杀亚历克斯和瑞恩，最后结局惨淡。

威洛比

伦敦的死亡行者，死之前是一名臭名昭著的考古学家。醒来之后，非常热心于制作木乃伊，而且力量强大无比。

托德曼

护身符守卫者之一，亚历克斯和瑞恩的导师。

罗宾

无故失踪的小男孩，最后在死亡行者墓穴中被亚历克斯和瑞恩救了回来。

塔-米沙

邪恶组织"兄弟会"的成员，戴鳄鱼头头套，负责寻找"失传的符咒"，并协助死亡行者建立墓穴，巩固邪恶组织力量。

目 录
Contents

目 录
Contents

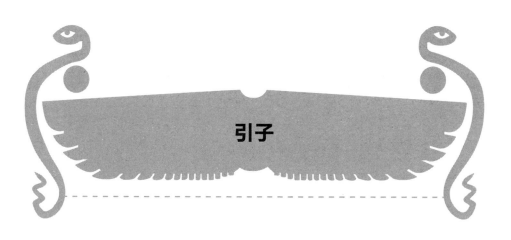

引子

伦敦北部郊区的某个夜晚，一个身材高大、体格健壮的老人正昂首阔步地走在海格特公墓前的斯温小径上。这儿远离灯火通明的市区，显得格外黑。老人一边走，一边用手拂过墓园围栏的栏杆，长长的指甲摩擦着铁栏杆，发出阵阵清脆凛冽的"叮叮"声。

这是一片依山而建的公共墓地，老人用墨黑的眼睛注视着长满苔藓的地面，陷入了对往事的追忆中。岁月匆匆，这个墓园里已布满了各式各样的坟墓。这会儿，在这个与世隔绝的沉睡的世界里，除了手指划过栏杆的"叮叮"声外，听不到一丝别的声音。

走到栏杆尽头，老人将手臂垂下，静静地站了一会儿。接着，他又迈开脚步往前走。就像一只夜晚出来觅食的猫，他的脚没有发出丁点儿声响。

不知走了多久，一栋低矮的房子出现在老人的视线里，从窗户望进去，里面一片漆黑。他继续前行，不一会儿，就看到前方有灯光闪烁，还有人影晃动。这时，他干裂的唇勾起了一抹微笑……

"那个吃不得！"班尼·坎普紧紧拽住皮带，"小火龙，你真是条坏狗！"

"小火龙"是一条英国斗牛犬。听着主人的呵斥，它极不情愿地放下了一只破旧的糖果包装袋。

"专心走你的路，"班尼说，"这个地方还真吓人。"

小火龙茫然地看着班尼，它听得懂一些简单的词，比如吃饭、散步、饼干等，但听不懂主人现在说的话。

班尼望了望四周，他真没想到这里变得这么荒凉了——街上见不到一个人影，家家户户都闭门锁窗，好像整个镇子都在闹鬼似的。

虽然最近班尼也听到了不少传言，说不断有人莫名失踪，但从小听着各种英雄故事长大的班尼对这些传言很是不屑，他甚至对周边邻里的胆小表现很是失望。

"不就是失踪了几个人吗？至于搞得那么人心惶惶吗？"他嘟囔道。

至于报上说的血雨和其他怪事，班尼一点儿也不信。他认为那不过是媒体编造出来的假新闻，是用来吸引大众眼球的。

"这些胡说八道的东西，"班尼愤愤不平地对小火龙说道，"把那些胆小鬼吓得像丢了魂儿似的！"

小火龙没理会主人在说什么，自顾自地在街上东闻闻、西嗅嗅。突然，它好像闻到了什么味道，一下子来了兴趣，拉着主人兴致勃勃地往那个方向去了。

班尼被狗拽着来到一盏路灯下。在那里，他看到一个身材高大的老男人走了过来。男人饱经风霜的脸上刻满了皱纹，让班尼想起了村里公共绿地上的一尊雕像——身上的衣服款式陈旧，脚上的靴子厚重古朴，活像个在英国殖民时期准备去印度或非洲掘金的探险家。

"你还好吧？"班尼说，"吓了我一跳。"

小火龙疑惑地抬起头来：奇怪，怎么是死尸的味道呀？而且就是这人身上发出来的！可是……他看上去不是死的啊！

老男人抬起头，缓缓呼出一口混浊的气体，喉管里发出"嘶嘶"的气流声。借助微弱的灯光，班尼看到他脸上的皮肤很可怕，有的地方干糙得像皮革，有的地方则松垮得像失了水分的土豆！

接着，班尼看到了对方的眼睛。

天哪！这眼睛像是……

一声尖叫划破夜空，紧跟着响起一阵急促凌厉的狗叫声。某栋小屋里一盏灯亮了，但很快又熄了。

叫声消失后，街道又恢复了寂静。所有的房屋都静悄悄的，窗户里黑乎乎的，没有一丝亮光。每个屋里的人都用被子紧紧裹住身体，蜷缩在床上颤抖着。

如果他们够胆将头伸出窗外，就会看到这样一幅场景：强壮的老人拖着已失去意识的少年出了村庄，沿着斯温小径往墓园方向去了。只留下一只被吓坏了的小狗紧紧靠在某扇紧闭的门上，盼着主人回来。

此后，整个镇子安静如初，再无怪事发生。人们稍微松了口气，闭上眼沉沉地睡去了。

第二天清晨太阳尚未升起，随着该区地底下一种古老仪式的进行，天空下起了大雨，雨打在屋檐和窗户上，惊醒了一晚上噩梦不断的村民。对于英国人来说，下雨是再寻常不过的事了，但这次的雨声特别大，听着不像只是下雨……

第一章

夜航

这枚圣甲虫护身符的制作地点是千年之前的埃及，金字塔代表着当时技术的巅峰。出了埃及，来到万里之外的美国，圣甲虫仍能发挥出极大的威力，这说明它有很强的遥感能力，也许可以当遥控器来用呢。

时值深夜，飞机在广阔寒冷的大西洋上空平稳地飞行着，它将于明天清晨抵达英国伦敦。

黝黯的机舱里，亚历克斯指节叩击着大腿，恨不得马上飞到目的地。他想起在纽约解决掉的刺人，又想到即将到来的伦敦之行：这次，我会遇到一个什么样的死亡行者呢？将面临怎样的一场恶战呢？还有，妈妈会在那儿吗？这些问题不断在他的脑海里出现，让他坐立不安。他看了看坐在靠窗位置的瑞恩，她把航空枕抵在窗边已经睡着了，嘴微微张着。透过窗户，亚历克斯看到外面清冷皎洁的月光，以及因低温凝结在窗玻璃上的蛛网状冰霜。他心里有些许恼怒。发生了这么多事，瑞恩怎么还能睡得着？不过他也知道，不仅瑞恩需要休息，他也需要小眠一会儿。

临睡前，亚历克斯朝头等舱方向看了一眼，心想，坐在那里的表哥卢克肯定已经睡了。卢克不是那种只要有心事就睡不着的人，就算他醒着，也不会想太多的事。卢克名义上是去伦敦参加田径精英训练营，但亚历克斯知道，他其实是姨妈和姨父派来监视自己的"眼线"。

亚历克斯把枕头垫在脑后闭上了眼睛，意识渐渐模糊起来。

半梦半醒间，妈妈的影像浮现在他眼前。他似乎回到了家里，因为病痛正蜷在沙发上，妈妈回来了，还给他带了冰淇淋。他尝了一口，觉得真好吃。妈妈疼爱地摸了摸他的头发，脸上尽显担忧。

不一会儿，妈妈慈祥的面容渐渐隐去，亚历克斯发现自己来到了一个阴暗的房间，定睛一看，这不就是刺人的那个地下墓穴吗？一只黑色的大蝎子匍匐在地毯上，虎视眈眈地盯着他。突然，地毯上出现了一片黑影，亚历克斯抬起头来，是刺人！他的脸被蝎子蜇肿了，身上的长袍隐隐发出一股臭味儿。刺人抬起左手，那不是正常的手，而是一只巨大的蝎尾，倒钩状的毒刺闪电般朝他划了过来——

亚历克斯一个激灵醒了，头差点儿撞上前排座位靠背上的小电视。他看看四周，悠长而漆黑的机舱宛如一具巨型石棺，也许这就他是做噩梦的原因。

虽然很累，亚历克斯却再也睡不着了，他决定看看电视节目。

旁边靠过道的座位上一个胖胖的商人低着头睡得正香，口水流了一下巴。亚历克斯把手伸进衬衫领口掏出了圣甲虫护身符。这本是他妈妈的，现在成他的了。

这次，亚历克斯又有了新想法，这枚圣甲虫护身符的制作地点是千年之前的埃及，金字塔代表着当时技术的巅峰。出了埃及，来到万里之外的美国，圣甲虫仍能发挥出极大的威力，这说明它有很强的遥感能力，也许可以当遥控器来用呢。对，试试它有没有这个功能。想到这儿，亚历克斯兴奋地握紧了护身符。

电视屏幕闪了一下，亮了，现出电影选择界面。

"太棒了！"亚历克斯在心里欢呼了一声。他眼睛在众多片名上一一扫过。

"你在看什么？"一个声音突然响起。

乍然听到这个声音，亚历克斯吓得魂飞魄散，不禁倒抽了口冷气。

"你看的是恐怖片？"瑞恩戳了戳他的肩膀问。

"不是，是你把我吓了一跳，以后不许这样吓人了。"亚历克斯低声埋怨道，以免惊醒了旁边的商人。

"你别成天拿着这玩具玩。"瑞恩说。

亚历克斯知道瑞恩是在开玩笑，圣甲虫才不是什么玩具呢，它救过他们俩的命，不过他还是顺从地把它塞进了衣领。

瑞恩点开了自己面前的屏幕，仔细研究着航线图上面的数据。这是一条国际航线，上面的里程数都是以公里为单位来计算的。

"你在把公里换算成英里？"看着瑞恩认真思考的表情，亚历克斯问。

"是的，这个不难。"

"是吗？"亚历克斯有点儿不信。瑞恩虽然有个绰号叫"学霸瑞恩"，但她并不是天才，相反，她属于那种死用功的学生。亚历克斯不太相信她能轻松地换算这些复杂的数字。"那你说说，2389 公里是多少英里？"他问。

瑞恩皱了皱眉（这是她思考时的一贯表情），答道："1500 英里左右。"

亚历克斯不怀疑这个答案，毕竟，瑞恩的爸爸是博物馆的总工程师，有其父必有其女，她的数学能力应该也很强。瑞恩虽跟他一样是12岁，个子却很娇小，身高不到一米三，跟他说话时还得仰着头。

这时，旁边座位上传来响动，原来是商人醒了。他站起来朝洗手间方向望了望，发现没人排队就去上洗手间了。

亚历克斯问瑞恩："要不要看电影？"

"趁那个人不在，我们讨论一下计划吧。"瑞恩说。

亚历克斯翻了个白眼。

"怎么啦？"瑞恩问。

"没什么，"亚历克斯没好气地说，但想了想还是把心里话抖了出来，"在这儿讨论有什么用？我们要等到落了地后才能行动。"

"但在行动之前，我们得先计划好要做什么！"瑞恩驳斥道。

亚历克斯差点儿又想翻白眼了，这就是瑞恩的风格，什么事都有计划。"那……你的意思是，不能看电影了？"他问。

瑞恩摇摇头，说："亚历克斯，你得分清事情的轻重缓急。"

亚历克斯夸张地叹了口气，依依不舍地把电视关了："好吧，听你的。"

其实，在上飞机前他们已讨论过行动计划了，但亚历克斯知道瑞恩就是这个脾气。

瑞恩听见了这声叹息，但没做回应。她知道亚历克斯不像她，事事都有计划，这个她能理解，之前他身体差，随时都有生命危险，没必要计划太远的事。但现在不同了，亚历克斯已经恢复了健康。更重要的是，在他妈妈用"失传的符咒"把他从死亡边缘拉回来的同时，"失传的符咒"也唤醒了死亡行者。他们这次去伦敦就是为了对付这种恶人。

想到这儿，瑞恩觉得一阵恐慌从心底涌起，就像即将面临一次大考一样。几个问题出现在她的脑海：

我准备好了吗？

这回我会遇到什么样的危险？

我们能顺利击败死亡行者、安全返回美国吗？

"我们先回顾一下之前发生的事。"瑞恩不再往下想，而是转回到现实中来。她往亚历克斯身边靠了靠，压低声音道："首先是博物馆里的木乃伊刺人复活了，但你用护身符和《死亡之书》上面的正确咒语把他送回去了。"

说到这儿，瑞恩停顿了一下，想看看亚历克斯有没有什么补充的。

亚历克斯却面无表情，用指节叩击着大腿说："这些事就别说了吧，早知道了。"

瑞恩看了他一眼，有些气恼，心想：什么意思？刺人的复活是你早知道的？你什么时候知道的？

她按捺住内心的不快，继续说道："你妈妈用了'失传的符咒'后，全球各地怪事不断，伦敦也是这样。"

说到这里，亚历克斯来了兴趣，接话道："这么说来，伦敦的死亡行者已经复活很久了！"

　　"是的，"瑞恩说，"所以？"

　　亚历克斯陷入了沉思，嘴里喃喃地重复道："很久了……"

　　亚历克斯的态度让瑞恩很是不满，感觉自己不受重视。她很想质问他，但又觉得这样做挺傻。"总之，"她总结道，"我们目前最重要的任务就是应对这个新的死亡行者。"

　　亚历克斯瞪大眼睛看着她说："最重要的任务是找到我妈！"

　　"话虽这样说，但我们连她在不在伦敦都不清楚。"

　　"她在那儿。"

　　"好吧，那我们——"

　　"好啦，"亚历克斯不耐烦地说，"我们都知道兄弟会和死亡行者是一伙的，也知道兄弟会抓走了我妈，所以只要找到死亡行者，肯定就能找到我妈。"

　　瑞恩没有争辩。他们相信是兄弟会在偷走"失传的符咒"时，绑架了亚历克斯的妈妈，但相信和事实是不能画等号的。

　　"总之，"瑞恩扫了一眼亚历克斯正在敲大腿的手，真心希望他能停止这个动作，"首先我们得查明伦敦的死亡行者是谁，或是什么东西——"

　　"一落地就行动。"亚历克斯打断她的话。

　　瑞恩想说什么，但又被亚历克斯打断了："就这样行吗？你别再说了。"

"行吧。"瑞恩往椅背上一靠，说道，"也拜托你别再敲手指了，看着心烦。"

胖商人回来了。他重重地坐下时，亚历克斯和瑞恩感觉自己的座位也跟着往下一沉，就算他们还有心继续讨论下去，也是不可能的了。

亚历克斯准备看部电影休息一下，瑞恩望着窗外黎明的曙光，在脑子里默默回想着刚才讨论的内容。

第二章

迫降

　　"天上下的是什么玩意儿？"哈德利机长对着无线电大吼道。这并不是一个无聊的问题，如果下的是雨倒也罢了，他又不是第一次在雨中降落，但如果下的是……

就在亚历克斯聚精会神观看电影的过程中，发生了一件极其诡异的事情。

"奇怪，这些云是从哪儿来的？"驾驶舱内，副机长突然说。

机长马丁·哈德利扫了眼窗外，愣了一下才反应过来，他看了看雷达显示屏，说："是很奇怪，一分钟前都还没有呢。"

作为一个极富经验的飞行员，哈德利有了一种不祥的预感，在他的飞行生涯中还从未见过这么怪异的事：这些云团似乎是凭空生成的，而且，它们飘行的方向与周边正常的云正好相反，是在逆风而行！

副机长紧张地咽了口唾沫。

两位机长一边关注着雷达显示屏，一边用无线电和塔台工作人员取得了联系。

"那是什么东西？"哈德利机长问。

塔台沉默良久后，一个官方的声音响起："768 航班请注意……"但声音很快变得惊慌起来，"我们也不知道那是什么，你们现在正在朝它飞去。"

副机长感到呼吸有些不畅，他松开了白色衬衫领口。机长在胸前画了个十字，祈求上帝保佑。"需不需要变更航线？"他征询塔台的意见，同时看了一眼燃油表，默算着还能飞多远，最近的机场是哪一个。

塔台迟疑了一下，说："不用，那东西体积很小，速度也慢，你们还是按原定计划降落。"

"明白。"机长说。

"它很小，是吧？"副机长想寻求点儿心理安慰。

"我想是的，"机长望着前方粉红色的晨光，问，"可那到底是什么东西呢？"

一个小时后，当飞机穿过蒙蒙细雨准备降落时，他们终于找到了答案。

一滴滴鲜红的液体打在飞机的窗户上，把窗玻璃染成了粉红色。引擎发出不正常的响声，飞机像受惊的野马猛烈颠簸起来。机长紧紧抓住操作杆，指关节因用力过猛有些发白。随着不明红色液体越积越多，窗户被染得通红。

"拉起！快拉起！"副机长惊慌地叫道，但哈德利没理他，现在的飞行高度已经太低了，不可能再拉起飞机，只能继续降落。

"现在进行紧急通知。由于极端天气状况原因，飞机在着陆时有可能坠毁。请大家系好安全带，拉下遮光板。"

正在观看娱乐节目的乘客们，突然听到这样一条紧急通知，一下子炸开了锅。

瑞恩最后看了一眼玫瑰色的晨光，拉下了塑料遮光板。起飞前她曾认真听过机组人员的安全讲解，但现在她太紧张了，好多细节记不起来了。她对亚历克斯说："糟了！"

亚历克斯看着远处，对她点了点头，没说话。

一个空乘正站在过道上给大家讲解紧急降落时的姿势，飞机剧烈地颠簸了一下，空乘没站稳摔倒在地，激起惊呼声一片。

大多数乘客已摆好了姿势，忐忑不安地等待着结局难料的迫降。胖商人一边喘着粗气，一边发出刺耳的尖叫声。

"我们也快准备好。"亚历克斯哑着嗓子叮嘱了瑞恩一句后，把头低下，双手捂住耳朵。

瑞恩突然想看看现在离地面还有多远，她用颤抖的手将遮光板拉开一条细缝，正好看到一根红色的雨丝坠下。

"啊，别……"她喃喃道。周边的乘客都在歇斯底里地尖叫，没人注意到她，只有亚历克斯关注着她的一举一动，他随着她的目光看向窗外——在一片红得发暗的深粉红色的晨光中，两条长长的红线从窗边拂过。

他们早听说过伦敦下红雨的事。有人说那是血，但也有人说不是，因为那些红雨落到地面后又变成了正常的雨水。

瑞恩知道，魔法是很难解释的。

"砰"！

对面机翼上的引擎似乎吸入了异物，发出一声巨响。飞机剧烈地颤抖着，发出一阵阵咯吱的声音，仿佛快要散架了。

"这种情况下怎么降落？"亚历克斯担忧地说，"看来这回凶多吉少了！"

现在的飞行高度已能看到地面了。透过红色水雾，瑞恩看到飞机正掠过一片屋顶，前面就是机场了，湿滑的跑道已被雨水染红。

"我们要降落了！"她对亚历克斯说。

最后一次广播响了起来，语言简洁有力，压倒了舱内的喧嚣："请大家做好迫降准备！"

瑞恩弯下腰，双手护头，脑中想着爸爸妈妈的面容，准备迎接撞击。

飞机轮子放下来了。疾风刮起红色雨点打在驾驶舱前窗上。哈德利机长聚精会神地看着前方，跑道上的白线已被染红，雾蒙蒙的灯光也是一片晕红，但哈德利仍能看清路面，只不过他还看到了一些不同寻常的东西。

"天上下的是什么玩意儿？"哈德利机长对着无线电大吼道。这并不是一个无聊的问题，如果下的是雨倒也罢了，他又不是第一次在雨中降落，但如果下的是……

"不明气象物。"塔台回复说。

副机长一听慌了："不明……我的天！"

"别慌！"哈德利粗声打断副机长，并命令道，"注意看仪器！"

随着"砰"的一声，飞机轮子触到了地面。按理说，在落地的一瞬间，飞机的速度和冲力足以把地面上的雨水蒸发干，但这次机轮像是碾上了什么黏糊糊的东西，"刺刺"响个不停，随即传来一股焦臭味儿，像是机轮被烧煳了。

哈德利机长驾着飞机准备转弯，却突然感到胃部一阵痉挛，飞机一下打滑了。他看了一眼副机长，后者正像鸵鸟一样缩在座位上尖叫不止。哈德利缓缓吐出一口长气，看来副机长是指望不上了，这几百条人命现在就掌握在自己的手里。他是机长，有不让自己的乘客出现任何危险的责任！他提醒自己镇定下来，保持正常呼吸和清醒头脑："别把地上黏糊糊的东西当雨水，当它是泥好了。"他根据经验适时松开了操纵杆，因为抓得太紧反而会让飞机翻机。

虽说机头部分还没摆正，但渐渐地，机身稳定了下来。

哈德利机长冷静地回想着各种操作要领，操纵着飞机缓缓向航站楼靠近，然后稳稳停住。

全体人员安全降落，无一伤亡。

第三章

抵达伦敦

亚历克斯低头看着瓷砖地面，脑子乱成一团：就像纽约的事儿跟我有关一样，罗宾的失踪也跟我有关吗？我到这儿来能扭转局势，还是会帮倒忙？

亚历克斯和瑞恩从座位上站起来时，感觉双腿发软。进入航站楼后，他们在一大群乘客和机组人员中一眼看到了卢克。天上仍在下雨，雨水（不再是血雨，而是正常的雨水）顺着航站楼巨幅的落地玻璃窗往下流，跑道上的红色液体也几乎被冲刷干净了。

亚历克斯舒展了一下身体，也让绷得紧紧的神经放松一下。机场广播响了，一个清脆的女声传了出来："从纽约飞来的 768 号航班现已抵达机场。"

余悸未了的乘客们停住脚凝神细听，以为机场会对刚才发生的怪事做一个解释，但这个女声接下来只说了一句"欢迎来到伦敦"就结束了。

亚历克斯和瑞恩对视一眼，无奈地摇了摇头。有什么办法呢？虽然伦敦近几个星期怪事层出不穷，但人们仍选择了无视。

他们赶上卢克时，一个身穿航空公司制服的职员正在跟他说话。职员操着一口纯正的英式英语："……当然，我们特别关心我们头等舱的乘客会不会受到惊吓。"

"太有意思了，老兄。"卢克说，"我几乎全程都在睡觉。"

职员面带微笑的脸上露出一丝不易察觉的困惑："你……睡

觉……"

"那到底是什么东西？"瑞恩插进话来。

职员拉了拉身上的红色夹克，没理她。

"是血，对吧？"亚历克斯问。

职员看着卢克的眼神仿佛在问：这两个人你认识吗？

卢克耸了耸肩，说："他是我表弟，他们坐的是经济舱。"

职员点点头，一本正经道："我们认为那是一种藻类。"

"藻类？"亚历克斯说，"真的是藻？"

"是的，"职员抽抽鼻子道，"是海里很常见的一种红藻，被风刮到了空中。"

"你们真这么认为？"瑞恩问。

那职员看了瑞恩一眼，心虚地把目光移开，好像正在行窃被抓了个现行似的。附近一个大块头的澳大利亚人插进话来："那玩意儿根本不可能是什么藻类！"

"算了，走吧。"亚历克斯说，他知道官方已统一了口径，从这些人口中得不到任何有价值的信息。

瑞恩点点头，三个人一起离开了，留下职员和澳大利亚人继续争论那到底是藻还是血。

亚历克斯打量着他那肌肉发达的表哥，问道："你真睡着了？"

"差不多是这样。"卢克又耸耸肩道，"昨天我铆着劲儿练了一天，一上飞机就累得睡着了，结果就错过了红藻。"

亚历克斯惊得下巴都要掉了："你也认为那是红藻？"

"至少那个职员是这样说的。"卢克说。

亚历克斯看了看瑞恩，希望她能说两句。

"怎么说呢，"瑞恩开口道，"我还听过一种说法，说是青蛙还是什么被漏斗云吸上天，然后又掉了下来，也许……"

亚历克斯摇摇头，航空公司瞎扯就算了，没想到自己的好友也这么扯淡。

很快，他们来到边检区。这儿立着块牌子，上面写着"英国边境检查"几个字。

"有意思，"卢克说，"没想到大楼里还有边境线，我想着应该倒过来，边境线上修大楼……"

亚历克斯笑了，卢克还真有幽默细胞，就算是家里派来监视自己的，他也认了。

"等着入境的好像没几个人。"瑞恩说。

亚历克斯估摸了一下排队的人数，说道："是没多少。"

"但是……"瑞恩把一本《伦敦指南》递到他面前，"这本书上说，因为进出口岸的人太多，要排很久的队，建议坐国际航班，和等着入境的人一样都自备零食呢。"

"现在人少，是因为我们是极少数现在还跑来这儿的疯子。"一个声音突然在身后响起。

他们仨回过头去，看到后面站着一对中年夫妇，男士身穿毛背心，脸上挂着和蔼的笑容。"我不是在乱说。"他补充道。

"是因为那个红藻吗？"卢克问。

那对夫妇看着卢克的眼底浮现出一层淡淡的同情之色，好像他是个病人。"不只是这个，"那位男士说，"还有其他事，比如不断有人失踪，不断有墓穴被盗……"

"这些事我们也听说了。"亚历克斯插进话来。在说到"我们"两个字时，他用手指了指自己和瑞恩，把卢克排除在外。

亚历克斯正想继续说下去，却见一阵阴云罩上那位男士的面孔："我们……我们的小外甥罗宾也……"他哽咽着说不下去了。

中年女士拍拍丈夫的后背，接过话去："我们的外甥失踪了。失踪前他和我妹妹住在斯温小径。不过，我们不认为他是失踪了。他是个精力充沛的孩子，我觉得他没准儿是一时兴起，上哪儿玩去了。"

亚历克斯提醒自己不要流露出过于明显的同情之色。"所以你们是过来帮忙的？"他问。

"是的，帮着找找他！"中年男士摆出一副轻松的样子，"展开地毯式搜索，我就不信找不到一个大活人！"

亚历克斯以前从没听说过"地毯式搜索"这个词，不过他挺喜欢这种表达法，他来这儿也是同样的目的。

"对了，怎么没看到你们的家长？"中年女士又问。

卢克正准备开口，但瑞恩抢在了前面："我正准备给他们打电话呢！"

"哦，那就好，"女士说，"他们会来接你们吗？"

亚历克斯和瑞恩只是笑笑，不说话，中年女士这才注意到这三个小孩有着不同的发色和肤色：亚历克斯是黑头发和棕褐色皮肤，卢克是纯正的白人，而瑞恩则介于两者之间，头发和眼睛都是棕色的，明显不是一家人。

"对了，"她从手提包中拿出一张纸来说，"如果你们在游乐场、麦当劳或什么地方看到了罗宾……"

亚历克斯不用看就知道那是一张寻人启事。女士把纸展开，上面印着一个容光焕发笑脸盈盈的小男孩，浅棕色的头发、蓝色的眼睛，眉毛一只高一只低，使得他的左右脸有点儿不对称。男孩手里捧着一个足球比赛三等奖的奖杯，显得活力十足。

"只要见到这个男孩，一眼就能认出他来，只是估计他凶多吉少，活着回来的概率不大。"亚历克斯想到这儿，心情沉重起来。女士想把寻人启事递给他，他却往后退了一步。

瑞恩瞪了亚历克斯一眼，上前接过寻人启事，对那位女士说："放心，我们会留意的！"

亚历克斯低头看着瓷砖地面，脑子乱成一团：就像纽约的事儿跟我有关一样，罗宾的失踪也跟我有关吗？我到这儿来能扭转局势，还是会帮倒忙？他转过头去看瑞恩，她正在手忙脚乱地准备护照和海关申报表，他们排到头了。

亚历克斯把护照递给边检人员，后者接过护照仔细审查道："你是一个人吗？"

"我跟她是一起的。"亚历克斯指了指隔壁窗口的瑞恩。

边检人员皱了皱眉，说："你们来英国的目的是什么？"

亚历克斯不假思索地说出了早准备好的答案："我们是受纽

约大都会博物馆的托德曼博士的委派，去大英博物馆的阿迪提博士那儿实习的。"

"阿迪提是哪一门的博士？"边检人员问。

"埃及学博士。"亚历克斯答道。

边检人员端详了亚历克斯一会儿，脸上漾起笑容。"相信你不是在编故事，"他把护照还给亚历克斯，说了声，"欢迎来到英国。"

亚历克斯赶上其他两个人。

"我们刚刚越过了边境。"卢克还在为边境竟然在航站楼里而感到新奇。

"是啊，现在你成国际选手了。"亚历克斯打趣道。

"欧耶！"卢克把胸膛挺得更高了。

入境的人没多少，等着离境的人倒排成了一条长蛇，蜿蜒曲折，一眼望不到头。航站楼里的电子显示屏上不断播报着由于天气原因导致航班延误或取消的消息。乘客的抱怨声夹杂着婴儿的啼哭声，响彻了整个航站楼。

瑞恩来到机场售货亭前，从口袋里掏出几张英镑，亚历克斯好奇地看着售货亭里那些他不熟悉的花花绿绿的糖果。

可是，没想到瑞恩买的是一张报纸。她把报纸递给亚历克斯，报纸头版印着一个硕大的标题：王室劫案：王冠珠宝被盗！下面的副标题字体稍小：伦敦塔中无价珍宝失窃。标题边上有一张配图，上面是一顶镶满奇珍异宝的大王冠。

报道中熟悉的字眼勾起了亚历克斯的回忆："时间锁失效……

警报器失灵……监控摄像头全部对准墙壁。"这简直就是大都会博物馆窃案的翻版！

亚历克斯翻到第二页，上面的一幅图片让他全身的血一下子凝固了。那是一只手的特写——手包裹在亚麻布里，正伸过来关最后一只摄像头。很明显，手的主人是一具木乃伊，但那片亚麻布却是崭新的，不像是文物……

他把这张图拿给瑞恩看，瑞恩点了点头。

"她是不是跟我想到一块儿去了？"亚历克斯正想问——

"该给我看了，"卢克毫不客气地凑了过来，"我敢说这根本采集不到任何指纹！"

亚历克斯和瑞恩没理会卢克的说笑，只是交换了一个默契的眼神，卢克注意到了："如果你们什么都瞒着我的话，我只能理解为你们想让我掺和进来。"

"你想多了。"亚历克斯说。

瑞恩把报纸放进包里。

"别紧张，表弟，很快我就不会烦你了。"卢克指了指一个火车图案的标识牌，"我要坐火车去训练营。"

他们来到取行李的地方，瑞恩和亚历克斯吃力地从转盘上拎下各自的行李，卢克则不费吹灰之力地提起了自己的大旅行包。

取好行李后，他们仨向机场外走去。刚开始，火车和地面交通的标志牌还指着同一个方向，但很快就分道扬镳了。

"最后再问一句，你们俩打算住哪儿？"卢克拿出手机准备输入信息，"我得……啊，我得到处逛逛。"

亚历克斯和瑞恩飞快地对视了一眼。

"这个嘛……"亚历克斯支吾道。

"酒店的名字叫'这个嘛'？"卢克问。

亚历克斯不知道表哥是故意说笑，还是认真的。

就在这时，一个粗哑的声音突然响起："亚历克斯·森尼弗？瑞恩·杜兰？"

说话者是个大块头男人，硕大的光头上箍着一顶尺寸偏小的鸭舌帽。

"我们就是。"亚历克斯说。

"偶也觉得看着像。"男人手里拿着一张纸。他看看纸又看看亚历克斯和瑞恩，"这位是瑞恩，很好。"

亚历克斯有点儿摸不着头脑。

"对卜起，我说话有点儿口音。"男人说，"听起来像堆里含着石子。"

亚历克斯越听越糊涂："'堆里'是什么东西？"

"是得样的，阿迪提博士有事来卜了，所以派偶来接里们，明白了吗？"

亚历克斯仔细打量着这个人。护身符能帮助他听懂古埃及方言，但这个大块头可把他考住了。

但瑞恩听懂了。她自告奋勇担任起了翻译一职："他说阿迪提博士有事来不了。"

男人点点头，说："她在开废。"

"她在开会，所以派了他来接我们。"

"带里们去博物馆。"

"带我们——"

"这句我听得懂。"亚历克斯看着男人庞大的身躯，心里打起了鼓：他叫得出我们俩的名字，也知道阿迪提博士要来接我们，可是他到底是谁呢？

"请问，您是阿迪提博士的助手吗？"瑞恩也怀疑地问道。

"呵呵，卜是。偶只是个司机，给博物馆开车。"

亚历克斯点点头，他也觉得这个男人看外形就不像搞学问的。

"你们两个还挺气派嘛，竟然还有司机接送，"卢克说，"好了，咱们就此别过，我得去赶火车了。"

"得位又是谁？"男人一边问，一边低头看他带来的那张纸。

"大人物卢克·鲍尔，好好记着这个名吧。"卢克又转过头对亚历克斯说，"保持通信畅通，我会和你短信联系，或者来'这个嘛'酒店看你。"说完，他把包往肩上一甩，朝火车站方向去了。

"得边走，"男人说，"车在外边。"

"走吧！"瑞恩对亚历克斯说。

"偶帮里拿包吧。"男人轻松地提起亚历克斯的旅行箱，就像拎一只小鸡似的。

亚历克斯点点头，没跟他客套。瑞恩走在前面，和男人热络地聊着天。难道瑞恩来之前特意学了英国方言？亚历克斯一边想着，一边加快脚步追上他们。

"请问您叫什么名字？"亚历克斯问那个男人。

"偶的名字？"

"是的，如何称呼您？"

"利亚姆。"

"好的，很高兴认识您，利亚姆先生。"

男人用那只空着的手碰了碰帽尖。"就快到了。"他指着出口处的两扇自动门说。

亚历克斯点点头，他现在慢慢能听懂他的话了。

自动门向两边滑开，在踏出门之前亚历克斯最后看了眼闹哄哄的航站楼。他们千里迢迢，从纽约来到伦敦，如果能找到妈妈，那么一切辛苦都是值得的。他希望妈妈在这儿，找到妈妈就能结束这一切混乱了……

门外是两条狭窄且昏暗的车道，车道一边是马路牙子，一边是一堵低矮的混凝土墙。离他们最近的车道上停着一辆侧开门的旧货车，除驾驶座外，车身没有别的窗户。"奇怪，怎么没看到别的车？"亚历克斯问，"机场这么多人……"

"有人在吵架，"利亚姆含糊地指了一个地方，"偶是最后一个从那边过来的。"

亚历克斯顺着利亚姆指的方向看过去，一辆小汽车正横跨在两条车道上，车旁两个男人激动地挥着双臂大吼大叫，似是在理论着什么。亚历克斯回过头来看向另一边，那是机场的另一个出入口，车来车往热闹非凡："那两个人是撞车了还是——"

话还没说完，利亚姆就把提着的箱子甩了过来。箱子正中亚历克斯的肩膀，把他一下击倒在地。

"哎哟！"亚历克斯一下被打蒙了，手也被粗糙的路面擦破了皮。利亚姆又抡起行李箱朝瑞恩砸去。

瑞恩往旁边一跳，箱子砸到她腿上，她也"扑通"一声摔倒在地。

"原来这个所谓的司机是假冒的！"亚历克斯如梦初醒。正准备起身迎战，箱子又重重地击在他头上，他的大脑瞬间一片空白，向地上倒去。闭眼之前，他眼角的余光瞟见瑞恩正欲起身往航站楼里跑，可利亚姆甩过去的行李箱再次将她击倒在地。

"不！"亚历克斯在心里叫道。

利亚姆放下行李箱，掏出两根塑料扎带把亚历克斯的双手紧紧绑在胸前，呈一个祷告的姿势。这种姿势让亚历克斯只能勉强触碰到圣甲虫，根本不可能激活它。看来利亚姆很清楚该怎么对付他！可以肯定他是兄弟会的人！

亚历克斯试着用牙去咬扎带，但无济于事。

再看瑞恩，她一动不动地躺在地上，这让亚历克斯更加慌乱。这时，他听到货车的车门滑开了。虽然头还在嗡嗡响，但亚历克斯心里清楚，一旦上了车，他们就完了。他努力挣扎着坐了起来。

"里这个小鬼，"利亚姆居高临下看着他道，"偶想里现在知道偶是谁了。"

古墓探险秘籍Ⅱ

——寻找"失传的符咒"，破解遗失之谜

古墓深处暗无天日，

各地的死亡行者不断苏醒。

亚历克斯与瑞恩一次次化险为夷，

又一度面临死亡的考验，

对付死亡行者的符咒内容各有不同，

他们无法掌握全部文字，时刻需要你来助力补充！

打开此秘籍，将圣鹮鸟周围的象形图案与《象形文字母表》中的字母一一对应，
你会发现这是一段英文文字，而它就是符咒的另一部分！

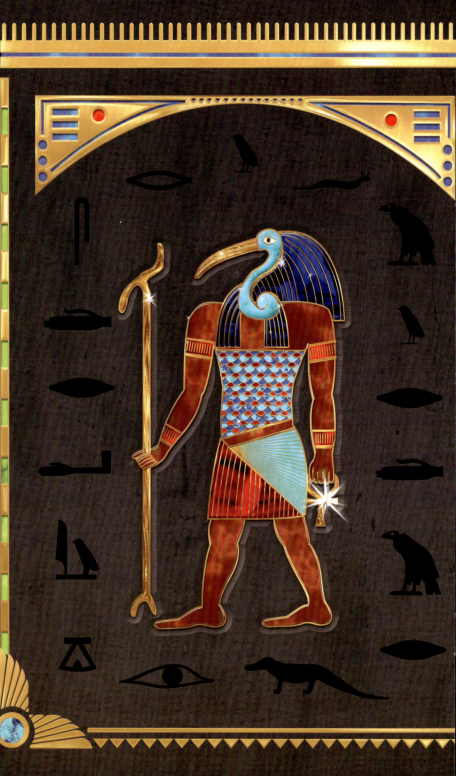

象形文字母表

A		J		SH	
B		K		T	
C		L		TH	
CH		M		U	
D		N		V	
E		O		W	
F		P		X	
G		Q		Y	
H		R		Z	
I		S			

将你得到的符咒内容写在以下卷轴上，
亚历克斯和瑞恩就能立刻窥见符咒的内容，
如果符咒正确，他们就能顺利摆脱困境！
你还会是那个拯救他们的救星吗？
赶紧拿起笔，开动脑筋恢复遗失的符咒内容吧！

两位小主人公的答谢之礼早已备好，只需集齐5本《古墓奇谭》的探险秘籍，并寄回编辑部，若符咒内容都准确者就能获得这份神秘大礼！若不准确，也没关系，《意林·少年版》编辑部也会给正义且勇敢的你寄去神秘礼品一份哟！

寄信地址：北京市朝阳区南磨房路37号华腾北搪商务大厦1501室 邮编：100022

第四章

追杀

　　卢克看了一眼躺在地上一动不动的利亚姆，这才放心地站起来给亚历克斯松绑。

　　可是，无论他怎么努力，都解不开扎带。这时，亚历克斯看到瑞恩醒转过来了，可是旁边的利亚姆也醒了。他焦急地喊道："瑞恩，快起来！"

　　利亚姆正准备把亚历克斯拖上车，半路上突然杀出一个人影，一头撞在他肚子上，把他撞了个晕头转向，站不住脚往后倒去，头重重地撞在车身上。来人顺势把他压倒，两个人一起倒在地上。亚历克斯定睛一看，原来是卢克来了："是你！"

　　卢克狡黠地笑道："这家伙一看就不是好人。"

　　"快把我的手解开！"

　　"好的。"卢克看了一眼躺在地上一动不动的利亚姆，这才放心地站起来给亚历克斯松绑。

　　可是，无论他怎么努力，都解不开扎带。这时，亚历克斯看到瑞恩醒转过来了，可是旁边的利亚姆也醒了。他焦急地喊道："瑞恩，快起来！"

　　听到喊声，瑞恩摇晃着站了起来。与此同时，一阵脚步声响起，三个凶神恶煞的男人从刚才停汽车的地方朝他们快步走来。

　　亚历克斯和瑞恩赶紧拖着发软的腿逃命，卢克领着他们朝另一边的出口跑去。这是一条长长的上坡路，好在亚历克斯的身体已今非昔比，跑起来毫不费力。后面四个人穷追不舍，刚受了打击的利亚姆落在最后，其他三个人在前，像一群饿狼来势汹汹。

"你快跑，亚历克斯，上了坡就好了！"瑞恩说。因个子矮小，瑞恩跑得不是很快，但亚历克斯不愿丢下她，也放慢了脚步。让亚历克斯恼火的是，因为手被绑着，无法用护身符来对付坏人。眼看着两群人之间的距离在逐步缩短：10米、8米、6米……

　　"嘀嘀！嘀嘀！"就在万分危急之际，一辆小汽车从坡上冲了下来，闪电般从亚历克斯他们身旁掠过，对准那四个坏人撞去。因速度太快，亚历克斯只模糊看到车身上一片红白相间的色彩。四个匪徒停下脚步，快速朝两旁躲闪。接着，小汽车停住掉了个头，呼啸着冲上坡停在亚历克斯他们面前。一个长相很有特点的高个儿女人从司机座旁边的窗子上探出头来，对他们叫道："快上车！"

　　车门上印着几个红色大字——大英博物馆馆长办公室。

　　"您是阿迪提博士？"瑞恩问。

　　"对不起，我来晚了！"女士说。

　　三个人急忙从副驾驶座的门挤进车。瑞恩灵巧地从椅背上翻到了后座，亚历克斯这样做时被卡住了，幸好卢克在后面使劲一推，把他推到了后面。最后上车的卢克刚坐下，还没来得及拉上门，车就开了。利亚姆那张长满横肉的脸突然出现在亚历克斯座位窗边，随之车身四处响起了"咚咚咚"的敲打声。坏人们推搡着小汽车，想把它掀翻。

　　"你的行李在哪儿？"阿迪提博士大声问道。

　　"我的什么？"亚历克斯早把行李箱的事忘到九霄云外去了。

　　"在货车那儿！"瑞恩说。

第四章　追杀

"好。"阿迪提点点头，用力一踩刹车，汽车猛然停住，四个坏人收不住脚，一头撞了上来，紧跟着又被弹了开去。

阿迪提把油门一脚踩到底，汽车掉过头向坡下冲去。亚历克斯被狠狠颠了一下，与此同时外面响起一声惨叫，看来某人被碾到脚了。

阿迪提把车开到货车旁停下，对卢克说："你介意下去拿一下行李吗？"

卢克二话不说跳下去把三个人散落一地的行李甩上了车。透过后窗，亚历克斯看到除了那个被压到脚的倒霉鬼外，其余三个人正全力朝这边跑来，他不禁在心里暗暗叫道："快开车！"他觉得为了行李大费周章有点儿不值，但又不好把这想法说出来。

卢克刚坐上车，一只拳头已经"咚"的一声砸在了后窗上。阿迪提把油门一踩到底，小汽车往前疾驰，绕过横在路上的轿车，掉头驶入旁边那条车道，向着机场出口的方向奔去。

总算把那些人甩掉了，大家这才松了口气。阿迪提放慢车速，调整了一下后视镜，用轻快的声音问道："对了，一路上还顺利吧？"

✕✕✕✕

郊外一个小型商用机场里，一架私人飞机正在降落。机长对红雨早见惯不惊，加上飞机油量充足，所以他不慌不忙地在空中兜着圈子，直到红雨结束后才平稳地降落。飞机上只有一名身材高大的老年乘客，他满头白发，手上拿着一个长方形的黑盒子。

这虽是小机场，但该有的手续一样也不少。老人刚走进航站楼的边检室，一个身着蓝衬衫的年轻人就急匆匆地冲进室内，慌忙道歉："实在抱歉，大卫，我来晚了。车子不知怎么回事启动不了。"这个人叫刘易斯，今天是他和同事大卫当班。

大卫目瞪口呆地看着刘易斯，心想："你并没有来晚，相反，还来早了！"他阴沉着脸没好气地低声骂道："你小子给我小心点儿，下次别再这样啦，会坏了我的好事。"

然而，刘易斯并没有在意，只当大卫是在开玩笑。他在自己的座位坐下，立即投入了工作。

"请出示您的护照。"他对走上前来的银发老人说。

"恐怕我没有护照。"老人慢声说道。

"你……对不起，你说什么？"刘易斯说，"听着，这儿虽是个小机场，可能比起大机场要松懈些，但基本的制度还是要遵守。"

刘易斯微笑着看了大卫一眼，好像在说："你相信他说的吗？"

但大卫没笑，他身子颤抖着，一边给刘易斯使眼色，一边从嘴里缓慢而清晰地吐出三个字："让他过。"

刘易斯不相信似的仔细看了大卫一眼，又看看屋里其他人——机长、安检员、地勤人员，他们一个个都沉默不语、紧张兮兮。这样的气氛让刘易斯察觉到了有些不对头，他不知发生了什么事，但他知道这样做是违法的："大卫，你知道我不能这么做。"

再次回过头去时，刘易斯发现老人已戴上了一个铁质的鳄鱼头头套。一开始他并没感到害怕，还赞叹头套上的鳞片和牙齿雕刻得栩栩如生。可透过头套上的眼洞，他看到一双眼睛正冷冰冰地盯着他，让他不寒而栗。

随着老人将手抬起，一股神秘的力量击在刘易斯身上，将他拖入了恐惧和痛苦的深渊……

原来，大卫债台高筑，对金钱的渴望让他接受了一笔贿赂，他在同事刘易斯的汽车上动了手脚。但显然手脚没有动到位，刘易斯在最不该出现的时候，赶到了岗位上。而且，这里的每个人都知道这笔交易，只有刘易斯除外。

车内空间狭小，亚历克斯只能把行李放在腿上，用绑着的双手护着。

"喂，女士，你好像是在逆行吧？"卢克突然发现了什么。

阿迪提笑着看了他一眼，说："在这里不算逆行，小伙子。"

瑞恩把头伸到前排，证实道："英国是靠左行驶的。"

阿迪提用力踩了一脚油门，连超两辆车。然而这样一来，激起了一片愤怒的喇叭声。

亚历克斯观察到阿迪提除了看路外，还时不时要看一下后视镜。"你专心看路吧，我帮你盯后边。"他说。

"你认为他们还在追我们？"瑞恩回头望了一下，问道。

"不一定……"阿迪提说。

瑞恩闻言放松了不少。

"但他们有可能在目的地守株待兔。"阿迪提又补了一句。

瑞恩马上又紧张起来。亚历克斯想起车身上印着的"大英博物馆"那一行红字，暗自抱怨：阿迪提也不知是怎么想的，这不等于给坏人明说他们要去哪儿吗？

"我觉得你说得对。"卢克等喇叭声静下来后说道。

"我说的什么对？"阿迪提扫了一眼倒车镜，问。

"你不是在逆行。我观察到其他人也是靠左行驶，只是速度慢得多。"

阿迪提瞟了卢克一眼，问道："对不起，你是……"

"我叫卢克。"

阿迪提漠然地盯了他一眼，没做任何反应。

"我是他表哥。"卢克弯起大拇指，朝后指了指亚历克斯。

"但托德曼没说……"阿迪提在后视镜里给亚历克斯做了个"这是怎么回事"的表情。

"他不是和我们一起的，他是来这儿参加一个田径训练营的。"亚历克斯给阿迪提解释完后，又叮嘱表哥："卢克，刚才发生的事你可千万别告诉姨妈他们，行不？"

"为什么？这么精彩刺激的事你让我憋着？"

"别这样嘛，表哥！"亚历克斯哀求道。姨妈和姨父现在是他的临时监护人，如果他们知道了刚才发生的事，准会让他乘坐下班飞机回家的。

"我是开玩笑的，老弟。好不容易我才说服爸妈来这儿参加训练营，如果他们知道我们被一伙人追得差点儿没命，肯定立马叫我回去。"

亚历克斯靠在椅背上松了口气，暗喜卢克和他的想法一样。

"但没准儿他们会从新闻中听到红藻的事。"卢克又补充一句。

一路上大家轮流望风，以防后面长"尾巴"。终于，他们来到了高速公路出口，标志牌上面写着：布鲁布姆伯里，费兹洛维亚，大英博物馆……

下高速后，阿迪提不再频频看后视镜，而是密切关注着路面繁忙的交通。亚历克斯又想起了机场那一幕，利亚姆打着阿迪提的名义来"接"他们。看来，兄弟会已经掌握了他们的行踪，知道他们的目的地是大英博物馆，希望阿迪提能意识到这一点。亚历克斯知道她跟托德曼一样是"书友会"成员，都是属于搞研究的书呆子，不知阿迪提有没有护身符。如果有的话，会不会和托德曼那只是一对？

就这么胡思乱想着，亚历克斯发现他们此时正在通过一个车流量很大的十字路口。他回头看了看，突然来了灵感。之前在高速公路上行驶时，瑞恩和卢克抽空用打火机把亚历克斯手上的扎带烧断了。双手得到了解放，他可以用护身符做点儿事，给后面的追兵制造一点儿障碍。

亚历克斯手握护身符盯着红绿灯，绿灯瞬间转成了红灯，等到再变绿至少要好几分钟。一大群傻了眼的司机把喇叭按得震山响，以发泄他们愤怒的情绪。

虽说机场那一幕有惊无险地过去了，但前面不知还有多少意想不到的危险等着他们呢！想到这一点，亚历克斯有点儿坐不住了，他又频频回头观察是否有什么异常。当然，这也是他有生以来第一次出远门，对周边的一切都挺好奇。

　　现在他们来到伦敦市中心了。汽车驶过一个人潮拥挤的广场，亚历克斯看到一座长着翅膀的雕像，上面写着"皮卡迪利广场"几个字。街道两边的建筑物风格迥异，一边是挂满霓虹灯广告的现代房子，另一边则是古色古香的中世纪建筑，给人一种时空交错的感觉。

　　又拐了几个弯后，汽车在一幢宏伟壮观、占据了整整一条街的建筑前停下。

　　"这就是大英博物馆，"瑞恩语气里充满了敬畏，"我爸爸经常说起这儿。"

　　亚历克斯深有同感地点点头，他妈妈也经常说起，这个博物馆确实太漂亮、太宏伟了！

　　博物馆外面是一圈高高的铁栅栏。阿迪提把车开到入口旁边的保安亭前，摇下车窗，对保安晃了一下工作证，并问道："可以进了吗，格伦？"

　　"进吧！"保安看都没看她的证件，直接挥手放行。

　　看到有保安，亚历克斯松了一口气，总算感觉安全了。但阿迪提显然不这么想，她把车停下，立马对孩子们说："快！快下车！"

　　在阿迪提的带领下，一行人上了停在旁边的一辆深蓝色轿车。该车外形普通，车身上没印任何字，里面的空间也比之前那辆小汽车大得多。

　　"快上车！"阿迪提催促道，"行李放后备厢。"

　　"这是要干吗？"卢克问。

阿迪提将车门重重关上，算是对他的回答。就这样，前一分钟他们刚进来，后一分钟就换了辆车又出去了。

保安格伦有些不解地向他们挥了挥手告别，很快又把注意力放回到报纸和热茶上去了。

亚历克斯最后看了一眼大英博物馆，心里觉得有了些安慰：想不到阿迪提还挺聪明嘛。

透过栅栏缝隙，小汽车车身上那行红字清晰可见，仿佛活招牌一样，在对任何对他们感兴趣的人说：来啊，我们在这儿。

"对了，卢克，"阿迪提问，"你那个训练营在哪儿？"

汽车朝着第一个目的地飞奔而去。

蓝色汽车刚离开，一辆货车就开来了，格伦不得不再次站起来。一个满脸横肉的男人从车窗探出头来说："偶是送货的！"

格伦打量着货车——又破又旧，不像是运送文物的车子。难道运的是食物，或者厕所阀门之类的东西？格伦想。

"车里装的什么？"他问。

"设备，"利亚姆说，"偶拿清单给里看。"

利亚姆把头缩回车里。格伦走过去，想看他在干吗，利亚姆趁机按住了他的头。格伦试图挣脱，却感到脖子上一阵刺痛，一根粗大的针扎进了他的脖子。

利亚姆按住针管把药液推进格伦体内，格伦抽搐了两下就不动了。

第五章

夜半声响

　　他们俩小心翼翼地走出房间，尽量不发出一丁点儿声音。瑞恩全身上下衣着整齐，连鞋带都打得一丝不苟，亚历克斯不好意思地看了看自己光着的一双脚。他抓紧了护身符，似乎能感觉到一些细微的东西游走在视线边缘。

"蹦蹦跳跳，回家去，回家去！"阿迪提哼着歌把车停下了。

后座上，瑞恩吃力地睁开眼。卢克下车后，她和亚历克斯在车上小睡了一觉，以调整时差、缓解疲劳。她从座位的空隙往前望去，首先映入她眼帘的就是几个醒目的蓝色大字——坎贝尔埃及文物收藏馆。

"你们就住这儿吧，房间已经安排好了。"阿迪提干脆利落地说，"虽然这里游客也很多，但比博物馆安全多了。"

瑞恩提着包下了车，伦敦的天空像电影里看到的那样阴郁灰暗。她问阿迪提："这是什么地方？"

"这是坎贝尔文物馆，之前是个私人博物馆，现在归大英博物馆所有了。"阿迪提说。

瑞恩打量着面前这幢瘦高的建筑，它本身就像是一件文物：老式的木窗掉漆严重，墙上爬满了裂缝，屋顶的烟囱歪向一旁摇摇欲坠，看起来像是一个风烛残年的老人正准备脱帽向某人致意。

什么？让我们住在这种破破烂烂的地方？瑞恩想。她有些不情愿地跟着阿迪提进了文物馆。馆里面倒别有洞天，非常整洁干净不说，还异常清凉安静。一个名叫萨默斯的老人迎上来，亚历克斯和瑞恩不知道萨默斯是姓还是名，也不知道老人的身份是什么，阿迪提只说他是个值得信赖的人，这让他们俩宽心不少。老人给了他们一把铁质的大门钥匙，拿在手上沉甸甸的。他们跟着老人来到顶楼，在走廊尽头的两扇低矮、狭窄的门前停下。

"就是这儿，"老人用低沉沙哑的声音说道，"这儿以前是仆人住的房间。"

他伸出长而瘦的手"咔嚓"一声把房门打开了。房间很小，陈设也很简单，只有一张床、一张桌子和一把椅子，床边上还有一个床头柜，上面放着一盏台灯。

"两个房间的摆设是一样的，"萨默斯说，"你们各自挑一间吧。"

瑞恩看了亚历克斯一眼，说："我住这间吧。"

说完她拖着旅行箱进了房间。

进去后，瑞恩才发现床底下还放着一个金属小盆和一把水壶，她一下反应过来这是什么：便盆！天哪，房间里竟然连个洗手间都没有，感觉就像坐着时空穿梭机来到了狄更斯笔下描写的 19 世纪的英国。

瑞恩打开旅行箱开始整理行李，隔壁萨默斯给亚历克斯开了门。只听阿迪提对亚历克斯说："你们俩先好好休息一下吧，我下午再过来！"

亚历克斯却说不用休息，要求马上开始行动。

"难道刚才发生的事还没把你累着？"阿迪提反驳了一句，就转身向楼梯走去。

瑞恩掏出手机看了看时间，现在打电话回纽约还太早。她伸手在床上按了按，床还挺结实，正想上去躺一会儿，就见亚历克斯的头伸了进来："瑞恩，那张报纸你放哪儿了？"

听他这么一说，瑞恩知道自己的休息计划算是泡汤了。

按理说，来伦敦的第一天应该好好休息，倒倒时差什么的，但亚历克斯他们一刻也闲不住，很快安排好了各自的任务。

瑞恩按捺不住内心的兴奋，道："我的任务就是上网搜索有关死亡行者的信息，像失踪的木乃伊啊，被盗挖的石棺啊什么的。"她扫了一眼报上那张特写的大手，补充道："反正，就是与这些邪恶玩意儿有关的信息。"

"嗯。" 亚历克斯说，"我则要检查一下这里的收藏品，看有没有什么以后能用上的。进来时我好像看到这儿也有《死亡之书》。"

这个其实瑞恩也看到了，比起纽约大都会博物馆来说，这儿的藏品要少得多。她对亚历克斯说："其实咒语用得对的话，一条就行了。只是要找到合适的咒语，就得知道转世的死亡行者是谁。"

"没错，我这就下楼去检查。"亚历克斯说。

很快，他们就开始分头行动了。

瑞恩在电脑前坐了一下午，眼睛都看花了，却什么信息也没查到，网上没有任何关于木乃伊失踪的报道。奇怪，这种事按理说是不可能被人忽视的。

她将查询范围由大英博物馆扩大到了周边一些小型博物馆，仍没有看到有哪个博物馆报告木乃伊失踪的消息。而且，这些博物馆里收藏的木乃伊好像都跟邪恶沾不上边，有的生前是小贵族，有的是大祭司，还有一个是皇家会计师。瑞恩睡眼蒙眬地想：刺人一听就像是死亡行者，但会计师像吗？

这时，亚历克斯回来了，瑞恩一个激灵，睡意全无。"快说说，有什么发现吗？"她迫不及待地问。

亚历克斯摇摇头说："楼下的《死亡之书》只是一些零碎的布头，貌似用处不大。馆内倒是收藏着一具木乃伊，但目前看来没有任何异样。"

"哦，对了。阿迪提刚打来电话说她今天来不了了，博物馆出事儿了。"亚历克斯补充道。

亚历克斯和瑞恩不知道大英博物馆出了什么事，但那天夜里，坎贝尔文物馆也出事了！

"扑通"！

深更半夜一声巨响，把亚历克斯从睡梦中惊醒了。紧接着又是一声巨响。亚历克斯从床上坐起来，环顾了一下漆黑的房间。

文物馆早已大门紧闭，声音应该是来自馆内某个地方。

"砰砰"！

声音仿佛就在房间里。亚历克斯打开灯把房间四处检查了一遍。一切都很正常呀，他松了口气。可是紧接着，又传来"啪啦"一声。难道是瑞恩房间里的声音？

"瑞恩，"亚历克斯对着瑞恩房间的方向喊道，"是你发出的声音吗？"

隔壁传来瑞恩的声音："不是的，我还以为是你呢。"

"难道是从走廊上传来的？"亚历克斯问。

瑞恩没有立刻应答，而是竖起耳朵凝神静听。

"咚！"

声音又响了起来，这回动静更大了。

"我觉得像是从楼下传来的，"瑞恩说，"这里的地板没准儿跟墙壁一样，不隔音。"

"要不，我们出去看看？"亚历克斯提议。

"行，稍等一下。"瑞恩说。

亚历克斯下了床，套上 T 恤和短裤。够了，他想，如果是兄弟会派来的杀手，或者是二楼上那具木乃伊，唯一能对付他们的只有护身符。他把靠在门把手上的椅子（房间没有锁，只能用椅子抵着）拿开。听着从隔壁传来的声音，他判断瑞恩也在做相同的事。

亚历克斯用左手握住圣甲虫，感觉心跳一下快了起来，感官仿佛变得敏锐起来。他轻轻推开门把头探了出去。外面一片漆黑，只有走廊另一头的楼梯口那儿，有一个出口指示牌闪着红色的荧光。

隔壁的门开了，瑞恩探出头来看着他，棕色短发被指示牌灯光镶上了一道红边。

"嘭"！

声音越发响了，瑞恩惊恐地睁大双眼，小声问道："什么声音？"

"我不知道。"

他们俩小心翼翼地走出房间，尽量不发出一丁点儿声音。瑞恩全身上下衣着整齐，连鞋带都打得一丝不苟，亚历克斯不好意思地看了看自己光着的一双脚。他抓紧了护身符，似乎能感觉到一些细微的东西游走在视线边缘。

"要知道是什么声音，只有一个办法。"亚历克斯抬起下巴朝楼梯口扬了扬。

瑞恩迟疑了一下，说："好。"

"啪嗒"！又是一声，声音听起来像在三楼。

亚历克斯带头朝楼梯走去，虽然明知可能会有危险，但他并不以为意，相反，他甚至希望来者是兄弟会的人，因为他一直这么认为——找到兄弟会，就能找到妈妈。

在标志牌红色灯光的照耀下，楼梯口像一个黑乎乎的陷阱，正等着亚历克斯跳下去。

木楼梯年代已久，亚历克斯和瑞恩战战兢兢地走在上面，发出"咯吱咯吱"的声音。这时楼下又传来一阵巨响："哗——扑通"，惊得两个人一下跳了起来。

声音越来越近了，会是什么呢？亚历克斯脑中瞬间转过好几个念头：是利亚姆吗？还是二楼上那具木乃伊？当然，也有可能是别的来路不明的东西！

瑞恩掏出手机，点亮显示屏。亚历克斯以为她是想打电话给阿迪提博士，便给她做了个"用不着"的手势。他还记得不久前阿迪提博士打来的那个电话，说博物馆出了事，不能过来了。现在就算她能赶来，也远水救不了近火。

"啪嗒"！

又是一声响起，声音像石头或骨头之类的东西落到了地上。

"准备好了吗？"亚历克斯小声问瑞恩。

"差不多。"

他们现在来到了三楼展厅。这里比四楼亮堂得多，除了有微弱的光线从窗户透进来外，还有各种纵横交错的射灯。一盏大灯照在一幅已有 6000 年历史的绿色泥岩画上，形成了一片光与影的世界。他们循着一阵窸窸窣窣的抓挠声来到一条拱形长廊门口，门上的指示牌写着"第六展馆：制成木乃伊的动物"几个大字。

"等一下。"瑞恩从墙上取下了一个小型灭火器。

这个做武器不错，亚历克斯想。他用汗湿的手握住护身符，赤脚踩在粗糙的地板上，感觉凉凉的。

"扑——啪！"

这个声音彻底打消了他们之前以为是幻听的所有疑虑，声音就在附近，听得真真切切！紧接着，拱廊上响起一种像是指甲刮在石头上的声音，而且这个声音朝着他们过来了！

亚历克斯感觉这声音不像是人发出的，这样一来，兄弟会杀手就可以排除在外了。那会不会是死亡行者呢？他可还没做好准备这么早就和它相遇呢。但现在想跑也来不及了，他看了瑞恩一眼，她好像已经吓傻了似的愣在那儿。顺着瑞恩的目光望过去，亚历克斯远远地看到拱廊那头来了一个奇怪的生物：瘦身子、麻秆腿、尖尾巴，头上顶着一大堆支离破碎的木头和纠缠在一起的金属线，身上裹着的亚麻布已经散开，露出了半个无毛的身子。

"它身上那是……"瑞恩问。

"裹尸布。"

这个奇怪的生物对他们俩的议论毫不在乎，继续拖着头上一大堆东西往前走。它来到拱廊门口，把头甩来甩去，头上那团东西摩擦着两边的墙壁，发出了刺耳的噪声。

"它被卡住了。"瑞恩后退一步把灭火器放下道，"它想把脑袋弄出来。"

亚历克斯松开握着护身符的手，舒了一口气，原来这不是什么兄弟会，也不是死亡行者，而是一只被困住的小家伙。

"这是什么动物？"瑞恩问，"看样子有点儿像吉娃娃，古埃及时期就有吉娃娃了吗？"

亚历克斯看着那个刚从沉睡中醒来，还找不到方向的动物摇了摇头说："是猫。古埃及人把猫也做成木乃伊，带着它们一起转世。"

小猫朝他们走来，亚历克斯退后了一步，但瑞恩迎上前去。"可怜的小东西。"她说。

"你真觉得它可怜？"亚历克斯问。

"虽说木乃伊让人毛骨悚然，但我真的很喜欢猫。"瑞恩在小猫身旁蹲下道，"别怕，乖咪咪，别抓我啊。"她颤抖着伸出手，解开了小猫身上一个倒悬着的扣环，接着又开始解金属线。

"你小心点儿！"亚历克斯看着那双锋利的猫爪，提醒瑞恩道。小猫能从展柜里跑出来，可见力气不小，被它抓上一下可不得了。

这种担心完全是多余的，小猫乖乖地站着一动不动，耐心地等着瑞恩解开它身上那团乱糟糟的东西，似乎明白瑞恩是在帮助它。

"就快完了，乖咪咪，"瑞恩说，"你就快得到解放了。"

一阵拉扯后，瑞恩站了起来。

摆脱了桎梏的小猫慢慢扭过头来，两只大大的尖耳朵高高竖起，眼睛闪着绿莹莹的光。

"它看起来挺……"亚历克斯说。

"可爱。"瑞恩接上话。

其实亚历克斯想说的是，它看起来像一只无毛的鼹鼠，跟可爱毫不沾边，而且，想到它的来历更觉得毛骨悚然，特别是在这种阴森森的屋子里。

"我来把灯打开。"亚历克斯说着把手放在了护身符上。天花板上的灯亮了，光像水银般倾泻下来，将整个房间照得亮堂堂的。与此同时，强光也让他们俩闭上了眼。等再睁开时，他们发现那只让他们又爱又怕的小猫，已经不见了。

这才是真正恐怖的地方，亚历克斯想。

"小猫哪儿去啦？"瑞恩着急地问道，"怎么会突然不见了？"

"别忘了，它是木乃伊，所以别用常识来解释这件事了。"

小猫留在墙壁上的擦痕还清晰可见。他们俩循着这些擦痕来到小猫原本待的地方，看到一张倒在地上的桌子和一堆碎玻璃碴儿。

"萨默斯看到这个会不高兴的。"瑞恩说。

亚历克斯蹲下来从玻璃碴儿中小心地捡出一枚铜质解说牌，只见上面写着：

圣猫派恩英玛

于公元前 1730 年

供奉于布巴斯提斯①的巴斯苔特神庙

---

①布巴斯提斯：埃及东北部尼罗河三角洲的一座古城，曾是祭拜猫女神巴斯苔特的宗教中心。

亚历克斯知道巴斯苔特，那是古埃及的一位女神，长着猫头，民众对她十分敬畏。他妈妈以前就想养一只猫，取名叫"巴斯苔特"，不过这个愿望一直没实现，因为照顾亚历克斯就够费神的了。

"这个应该给我。"瑞恩走过来，从亚历克斯手中拿过牌子。

亚历克斯不想跟她争，是她解救了小猫，她要就拿去吧。

他们把地板打扫干净后，回到了各自的房间。

紧张的心情渐渐平复下来，亚历克斯很快进入了梦乡，但睡得不是很踏实，总感觉走廊上有轻微而细碎的脚步声……

第六章

开始调查

　　亚历克斯脑袋"嗡"了一下。"这怎么可能？"他摇摇头，不认可阿迪提的猜想，但他也不想跟她争辩，只好说，"管他什么原因，咱们得立马开始行动！"

第二天天还没亮，亚历克斯就醒了。他心情不是很好。好在阿迪提博士很快来接他们了。

一路上穿街走巷，城市的风景从车窗旁掠过，亚历克斯却无心欣赏。到了大英博物馆，他们的车走的仍是昨天那个入口，只是保安却换了一名，这名保安看起来很是紧张不安。

保安的情绪感染了亚历克斯，他也变得紧张起来。妈妈还不知在哪儿受罪，而他们昨天却在坎贝尔文物馆白白浪费了一个下午，想到这儿，他心里难过起来。

他们走的是员工通道，亚历克斯边走边打量博物馆：宽敞明亮的展厅，光洁如新的展柜，价值连城的文物，熙熙攘攘的游客，与安静却陈旧的坎贝尔文物馆形成了鲜明对比。他看到瑞恩也是一副傻了眼的样子，不禁想对她大喝一声：我们可不是来这儿参观的！

经过埃及馆时，亚历克斯看到这儿也闭馆了，门口的牌子上面写着：本馆正在重新布展，不便之处敬请谅解。这让他不禁想起了有着同样命运的大都会博物馆。

阿迪提博士的办公室里一片狼藉，文件丢得到处都是，百叶窗斜挂在窗边，亚历克斯一眼就看出了端倪，这就是阿迪提昨晚没去找他们的原因！

"有人闯进来了，对吧？"他问。

"没错，昨天那个保安被注射了兽用镇静剂。我的办公室被翻了个遍，文件丢得到处都是。"阿迪提博士疲惫地说。

"是机场那伙人干的吗？"瑞恩愤怒地问道。

"多半是。"

"他们在找什么？"

"他们拿走了一个文件夹，里面有'失传的符咒'的官方文件。我电脑里还收藏了不少符咒资料，但我设置了几个密码，他们没有破解开。"

亚历克斯想起昨天那帮匪徒那肌肉发达的样子，确实不像精通电脑技术的黑客，但他仍有疑问："他们为什么对这个感兴趣？他们不是已经拿到符咒了吗？还把我妈也给带走了。"

"也许他们想弄清符咒到底是个什么东西，"阿迪提迟疑了一下说，"当然还有一种可能，就是他们并没有拿到符咒。"

亚历克斯脑袋"嗡"了一下。"这怎么可能？"他摇摇头，不认可阿迪提的猜想，但他也不想跟她争辩，只好说，"管他什么原因，咱们得立马开始行动！"

"你说什么？"阿迪提博士盯着他问。

亚历克斯毫不畏惧地迎上她的目光说："咱们得立马开始行动！"

"敢情这儿你说了算？"阿迪提博士笑道。

"当……当然不是，"亚历克斯不好意思地说道，虽然他心里希望自己能做主，"但很显然，待在屋里我们什么也做不了，我们得出去调查，这也是我……"他看了一眼瑞恩，继续道，"'我们'来这儿的原因。不是吗？"

"我就不拐弯抹角了。"阿迪提说，"托德曼之所以派你们到这儿来，是因为你们对付过刺人。亚历克斯，你是唯一能用圣甲虫护身符帮我们对付死亡行者的人。种种迹象表明，死亡行者已经在行动了。"

"那还得有《死亡之书》才行。"瑞恩说。

"你们这儿也有《死亡之书》吗？能借给我们用吗？"亚历克斯问道。坎贝尔文物馆里的《死亡之书》篇幅太小，估计用处不大。

阿迪提看了亚历克斯好一会儿才回答："这儿可是大英博物馆，什么东西没有？当然可以安排，至少借个一两卷没多大问题，但首先我们得搞清楚要对付的是谁。"

"这样才能确定用哪条咒语。"瑞恩一边记笔记，一边心领神会地补了一句。

"没错。"阿迪提说。

亚历克斯扫了一眼瑞恩的笔记本，上面记载了三个事项，但他看不清楚。他有些不耐烦地抱怨道："您说的这些都是我们已经知道的事。"

"别这么没礼貌。"瑞恩说。

"得了吧，老师的乖孩子。"亚历克斯回了一句，瑞恩气得狠狠瞪着他，但他已经把注意力又转回到阿迪提那儿，"要对付死亡行者可不能光坐在这儿，我们得出去行动。"

"但我们得先掌握一些信息。"阿迪提平静地说。

他越激动，她反而越冷静，亚历克斯气得屈起手指，在大腿上不耐烦地敲了两下。

"我们肯定要'出去'，只是要等待合适的时机。你才12岁，得听我指挥。"

亚历克斯翻了个白眼，泄气地瘫在椅子上，手上的小动作也停了。的确，他只有12岁，这是不可辩驳的事实。

阿迪提拉开抽屉，拿出两个牛皮纸大信封："我给你们一人准备了一份资料，是从各个报刊收集到的迄今为止发生的所有怪事。你们好好看看，有没有和纽约相似的情况。我还给你们准备了一个办公室。"

亚历克斯简直不敢相信自己的耳朵！死亡行者、红雨、妈妈、兄弟会……这么多急需解决的事，她却让我们待在屋里看资料？再说，死亡行者这种信息能从报刊上获得？他看了看瑞恩，希望她提出反对意见，但后者已迫不及待地伸手去接信封了。

阿迪提弯腰向前把另一个信封递给亚历克斯时，一条金项链从领口处露了出来。亚历克斯起初还以为这是她的护身符，结果看到坠子是一粒比铅笔上的橡皮擦大不了多少的绿宝石，这让他稍感意外，想不到阿迪提连护身符都没有。

他们跟着阿迪提去了为他俩安排的办公室，路上瑞恩问了一个问题："博士，博物馆里的木乃伊都没啥动静吧？"

"资料上写的有呢，"阿迪提说，"有一个有点儿……躁动，不过好在所有的都还在。"

这个临时办公室更像一间小会议室，不过亚历克斯不在乎，反正也不会在这儿长待。他读了几页后就失去了耐心，瑞恩则看得很认真，时不时还做做笔记，把一些内容摘抄到本子上。

"你在抄什么？"亚历克斯好奇地问。

"发现了件有意思的事。"

"是什么？"

"你不也有同样的资料吗？自己看呗。"瑞恩对亚历克斯扬了扬正在摘抄的那两张纸。

"哦，我还没看到那儿。"

瑞恩看起来毫不吃惊："是关于盗墓的事，被盗的坟墓都在同一个地方。"

这倒是个有价值的线索，亚历克斯心里一动："远吗？"

"在城北。"瑞恩拿起另一张纸看了看，"可以坐火车去那儿。"

亚历克斯一下兴奋起来："走，我们去那儿看看！"

一开始瑞恩不同意偷偷溜走，不过亚历克斯最终还是把她说服了。出博物馆很顺利，没人查验他们的证件。几分钟后，他们已经在外面的人行道上了。

"你说的那个地方是哪儿？"亚历克斯兴致勃勃地问。

"海格特公墓。"瑞恩谨慎地答道。

亚历克斯感觉瑞恩似乎话中有话，但他无暇细想，于是做出一副"哦，知道了"的表情。

"这个墓地非常有名，非常古老，让人望而生畏。"

亚历克斯耸耸肩："坐哪路车去？"

瑞恩翻开《伦敦指南》，查阅里面的地图。亚历克斯看到书里夹着一叠薄荷绿的便利贴。

"最近的站是……"瑞恩眼睛一下亮了，"高志街地铁站！"

亚历克斯激动得一挥拳，"高志街"的名字是他们之前搜索刺人的墓穴时，在一张未烧完的纸上发现的，正是这个名字把他们带到了伦敦。

瑞恩也激动地举起手，正想和亚历克斯击掌庆贺，却听到"滴滴"两声，有短信进来了。亚历克斯忙着去查看短信，把瑞恩尴尬地晾在了一边。

"是阿迪提博士吗？"瑞恩问。

"是卢克。"亚历克斯没回短信，直接把手机关了。瑞恩觉得他做得对，换成她也会这样。

"这样，"瑞恩说，"我们去公墓看一下，然后直接回坎贝尔，阿迪提博士问起就说我们一直在坎贝尔学习资料呢。"

"听你的。"亚历克斯说。瑞恩比他会说谎，他撒谎只有一个借口——生病，但现在他已经变得生龙活虎，不能再用这个了。

高志街站距博物馆仅几步之遥。他们买好票后乘电梯下地铁站台时，瑞恩说："感觉比纽约地铁深多了，我不喜欢。"

"为什么？"亚历克斯问。

电梯门开了，他们进入铺着白色地砖的站台。

"感觉像坟墓。"

亚历克斯深有同感地点了点头，圣甲虫护身符随着他的步伐，在他胸前一跳一跳的。圣甲虫代表着回归者——往返于阴阳两个世界的旅者。他曾经也在鬼门关前走了一遭。

"也许我也是个回归者。"他想。

第七章

海格特公墓

　　亚历克斯盯着大门重重呼出一口气，好像那是横亘在他和墓园之间的一只"拦路虎"。他又犯傻了。但瑞恩觉得那是他思念母亲所致，因为她也非常思念父母。只是，她觉得亚历克斯如果能表现得平和点儿就更好了。

列车离站了，朝着海格特公墓方向而去。随着城区越来越远，环境也变得越来越干净幽雅，商业门店不见了，取而代之的是赏心悦目的连排别墅。

亚历克斯本想直接去海格特公墓，但瑞恩坚持先去失踪事件案发地看看。亚历克斯拗不过她，只得中途下了车，不情愿地跟在瑞恩身后。

他们先来到一幢带草坪的小房子前，房门上仍贴着警方的封条。

"这儿住的是两兄弟，一个17岁，另一个18岁，前段时间一起失踪了。"瑞恩看了下复印的新闻报道说，"刚开始的时候，警方以为他们只是离家出走了。"

"直到发生了第二起失踪案，警方才意识到此事不同寻常。"亚历克斯接上话道。

第二起案件中的受害人也住在这个社区，离两兄弟不远，而且这个人他们不陌生。

"第二起失踪案的受害人是11岁的男孩罗宾。"瑞恩喃喃道。

亚历克斯点点头："机场遇到的那对中年夫妇的外甥。"他现在还记得他们那满含着忧虑的眼睛和那触目惊心的黑眼圈，在他病危那段时间，妈妈的眼睛也是这样。

亚历克斯摇摇头，不愿再想下去。瑞恩假装没看见，把资料翻得哗哗响："男孩的卧室在一楼，早上起床后，家人发现卧室的窗户被打开了。"

"是有人闯进来了？"

"不，窗户是从里面打开的。"

亚历克斯感到一阵寒意袭上心头，他见过阿－达布控制那群建筑工人，也见过托德曼对探长洗脑。一幅画面浮现在他脑海中：一天深夜，睡得迷迷糊糊的罗宾像听到了什么召唤似的从床上下来，打开窗户，走进了茫茫夜色中……

不管是兄弟会还是死亡行者干的，这些失踪人员去的肯定是同一个地方！问题是他们去哪儿了呢？亚历克斯想。

"去公墓看看。"他说。

"失踪的还有一个人，"瑞恩往后指了指，"他住在那一片。"

"别去了，反正人都没了，去了看到的也只是房子。"

"看看房子也行啊。"

"那有什么意义？"亚历克斯没好气地说，"难道房子会噼里啪啦给我们讲述那些人是如何失踪的？"

"你怎么啦？今天火气这么大。"

"你心里清楚。"

第七章 海格特公墓

瑞恩小声嘟囔了句什么，亚历克斯没听清。

"去海格特公墓的路是哪条？"他问。

瑞恩指了指一条上坡路。

刚开始爬山时亚历克斯还有点儿担心身体是否吃得消，但很快他就发现这样的担心完全是多此一举。他大步流星走在前面，感觉到护身符开始发烫了。

海格特公墓出现在他们视线中，这是一座已有百年历史的古老墓园。园内苔藓疯长，加之位置偏僻、与世隔绝，故被媒体报道成一个幽灵出没之地。

"就是这儿了。"亚历克斯说。

"看到了。"瑞恩觉得一阵寒意直透脊椎，"走慢点儿。"

他们现在看到的是墓园西区，这是最早开发的一个区域，盗墓案就发生在这里。除了例行巡查，平时少有人来。特别是这个时候，墓园早已关门了，除了亚历克斯他们外，周围见不到一个人。

亚历克斯没有放慢脚步，瑞恩只得努力跟上。终于，他们来到了墓园正门，高大威武的石柱和铁栅栏组成的大门看起来像城堡入口一样威严。

亚历克斯盯着大门重重呼出一口气，好像那是横亘在他和墓园之间的一只"拦路虎"。他又犯傻了。但瑞恩觉得那是他思念母亲所致，因为她也非常思念父母。只是，她觉得亚历克斯如果能表现得平和点儿就更好了。

周围见不到一个人影。"要敲门吗？"亚历克斯问。

位于正门右边的一扇侧门开了，一位举止优雅、衣着时尚的中年女士走出来，彬彬有礼地问道："请问有什么需要帮忙的吗？"

待看清眼前的人后，女士又道："原来是两个小孩！吓了我一跳，不过这里最近有点儿不太平安。今天的开放时间已经过了，要进园明天 1 点 45 分来吧，最好和家长一起过来。"

"啊，我们……"亚历克斯说，"里面有一个墓是我亲戚的。"

瑞恩眼睛瞪大了：这种谎话也编得出？真有他的！

但那位女士似乎听进去了，没有打断亚历克斯的话，这给了他极大的信心继续说下去。

"我们是从美国来的，今天是我们在这儿的最后一天，希望能……如果行的话……"

"你们想进去拜祭一下？"女士主动把这句话补充完。

亚历克斯用力点了点头。

"明白了，你亲戚叫什么名字？"

"他是英国人，"亚历克斯边想边说，"他的名字叫，嗯，伦敦。"

瑞恩尴尬地咧了咧嘴。

"伦敦？"女士重复了一遍。

"是的，伦敦，嗯，佩妮……菲泽尔？"

"伦敦·佩妮菲泽尔。"女士平静而缓慢地念了一遍，好像在品味每一个字。

亚历克斯小心翼翼地朝她笑了笑。

"对不起，墓园里没有这么一个人。你明天再来吧！"女士说完转身回去了，并把门"哐啷"一声关上。

瑞恩看了看紧闭的侧门和大门，又看了看亚历克斯。"伦敦·佩妮菲泽尔？"她问。

亚历克斯有些难为情："是的，是我叔公的名字。"

瑞恩大笑起来，亚历克斯苦笑着摇了摇头。但他的苦笑转瞬即逝，一丝坚毅的神色浮现在脸上。

他抓住护身符，幽幽地说道："既然来了，怎么着我都要进去。"

✕✕✕✕

用护身符开锁对亚历克斯来说不是第一次，但这次开的锁绝对称得上是他用护身符开过的最大也是最老的一把锁。本以为门开时最多发出轻轻的"咔嗒"声，没想到却是"哐啷"一声巨响。

"准备好了吗？"他回头问瑞恩，后者把资料放进挎包，神情坚定地点了点头。

亚历克斯推开大门——"咔咔咔……"，很快值班室的门"砰"的一声开了，女士跑出来叫道："快停下！"

亚历克斯和瑞恩先是愣了一下，接着就撒开腿冲了进去。没想到资料从瑞恩的挎包里掉出来，撒了一地。

"哦，天哪！"瑞恩叫苦不迭，忙蹲下来手忙脚乱地拾掇着。

亚历克斯看到女士正在向瑞恩逼近，不由得叫道："别管它了，到时再复印一份就是了！"

瑞恩如梦初醒，站起身跟着亚历克斯跑远了。

呼呼的风声从耳边掠过，头发被吹得向后倒去，亚历克斯大踏步跑着，心里很兴奋。想想吧，12年来，他一直是个"病秧子"，连上一节完整的体育课都是梦想。虽然现在出了这么多事，但有了一个这么健康的身体，似乎一切都是值得的。是妈妈给了他第二次生命……想到这儿，他摇了摇头，不愿再想下去。

道路两旁排列着一块块墓碑，上面爬满了青葱的苔藓和地衣，诠释着生与死、活力与腐朽的永恒命题。

"这边走！"亚历克斯领着瑞恩拐上了通往墓园西区的泥泞小路。两旁的树木看来好几年没修剪过了，横七竖八都伸到路中间来了。

在小路上跑了约20米后，他们停下来喘口气。"应该把她甩掉了。"亚历克斯说。

"早甩掉了，"瑞恩上气不接下气地说，"她追了两步就追不动了。"

稍事休息后，他们继续往前走。

"可惜我把资料丢了。"瑞恩做了个鬼脸。

"没关系，不过是些新闻报道复印件罢了。"亚历克斯宽慰她道。他说得对也不对，因为除了复印件外，里面还有一张印着"大英博物馆"抬头的信笺纸。

"不过，"瑞恩说，"我记得盗墓事件发生在哪儿。"

他们边走边观察路两旁的墓碑。那些墓碑大多雕刻着天使、十字架和其他装饰物，有的还写着死者生前的职业和地址，有的虽没写，但从装饰物也可推测出一二。

"这个肯定是墓主生前的宠物。"瑞恩指着趴在一块墓碑下方的一只表情哀伤的石狗说。

"长得和你的新朋友还挺像呢！"亚历克斯打趣道。

"你是说那只猫吗？"瑞恩脸上浮起一抹笑容。

"这个人生前应该是个马车夫。"亚历克斯指着另一块墓碑上的一辆石雕马车说。

第八章

埃及大道

　　亚历克斯没注意怪物说什么，他的注意力全被对方的眼睛吸引住了：那双全黑的瞳孔映衬在午后柔和阴暗的光线下，显得深不可测，像能吞噬一切光亮的黑洞。他知道这是什么，他此前在刺人脸上见到过这种眼睛，它们是通往来世的窗户。

现在，他们俩进入了一个新园区。这里一具具石棺是放在地表而非埋在地下的。瑞恩指着前面不远处的一具石棺说："那就是第一座被盗的墓。"

的确，现场还残留着警方勘察时的警戒带，那些蓝白相间的布条在微风中有气无力地飘扬着。

"奥维斯·布里奇，"走近后，亚历克斯读着棺材上凸起的名字，"听起来像是两家服装公司的名字。"

石棺内装着几百磅水泥，之前葬在里面的人和物品，早已消失无踪。

"奥维斯是个金匠。"瑞恩看着石棺前的豪华墓碑说。

亚历克斯看了下碑文，提了个问题："一个专为皇家和富人服务的金匠，棺材里会有什么陪葬物呢？"

他们俩一边思索着这个问题，一边继续往前走。

"古埃及时期盗墓十分猖獗。"瑞恩说。

"是的，但如果被逮住了，就会被砍手。"

"可怕。"瑞恩突然想到了什么，"对了，那个被偷走的王冠，上面全是精美的黄金珠宝，你记得不？刺人——"

"记得，"亚历克斯一下明白了瑞恩想说什么，"他用偷来的东西把墓穴布置得漂漂亮亮的。"

"是的，王冠可比刺人那儿的东西高级多了，全是珠宝呢。"

亚历克斯点点头，金匠的墓中应该也有不少珠宝陪葬吧。"我们去看看下一个被盗的墓。"他说。

他们拐了个弯，一幅熟悉的画面出现在眼前：精雕细刻的石柱拱卫着高大的石拱门——典型的尼罗河风格。

"你肯定想到古代埃及了吧？"瑞恩说，"这条路就叫埃及大道。"

亚历克斯看到了雕刻的莲花状图案。"这是墓区的正面入口。"他说，"这些东西，石柱啊，拱门啊都很常见，没啥稀罕的，搬到博物馆恐怕都引不起游客多大兴趣。"

"也有不常见的，"瑞恩指着拱门后两排隐约的隆起物，"里面的墓葬封土都是堆在地表的。"

穿过拱门，他们踏上了"埃及大道"，两旁是一个个让人毛骨悚然的坟墓，密布的苔藓透着岁月的沧桑，墓门被统一漆成黑色，犹如没有星星的夜空。

"我突然觉得，"瑞恩放慢脚步道，"也许应该回去找阿迪提博士一起来……"

"她来有什么用？"亚历克斯不屑地说，"她又没有护身符。"

"我也没有。"瑞恩小声道。但亚历克斯没理她，他看到了一扇敞开的墓门挂在合页上摇摇欲坠："应该就是这个了。门上没写名字，报上说了这是谁的墓吗？"

"没有！说是关于该墓的记录在二战时被烧掉了。"

"奇怪。"亚历克斯走上前，伸长脖子往里看。借助外面透进来的微弱光线，他看到里面有三个大陶罐。

"那是……卡诺匹斯罐吗？"瑞恩也看到了。

亚历克斯摇摇头，这些陶罐可比卡诺匹斯罐大多了，功能也不同："不是，这些是给养罐，装着供死者转世后享用的食物、水、谷物啥的……"他沉浸在叙述中，没注意到胸前的护身符已经热得发烫了。

"懂得还挺多嘛，小子。"一个沙哑粗犷的声音突然响起。

两个人同时转向声音传来的方向，亚历克斯都想好了应对之词：这里埋的是我的叔公！或者，这是学校开展的一项社会实践！但他们看到的并不是墓地的工作人员。

站在他们面前的是个身材高大、肌肉发达、让人望而生畏的怪物。他穿着一件沾满污泥的棕褐色外套，脖子和手上戴的金饰因年代久远早已失去了光泽。皮肤很奇怪，有的地方干巴巴像木乃伊，有的地方松垮垮似老人。"呼哧呼哧"的呼吸声显示着肺部有内伤。他咧开嘴朝他们俩笑了笑，露出了一口大黄牙。

亚历克斯看出他笑得不怀好意。"他饿了。"亚历克斯感到一阵寒意袭上心头，呼吸也有点儿不畅，忙伸手去够露在衬衫外面的护身符。

他这番举动没逃过怪物的眼睛："圣甲虫。"他声音很刺耳，勉强能听清。

亚历克斯没注意怪物说什么，他的注意力全被对方的眼睛吸引住了：那双全黑的瞳孔映衬在午后柔和阴暗的光线下，显得深不可测，像能吞噬一切光亮的黑洞。他知道这是什么，他此前在刺人脸上见到过这种眼睛，它们是通往来世的窗户。

"死亡行者。"亚历克斯像被定住似的动弹不得，口中喃喃道。

怪物脸上的笑容更深了："是的。"

"亚历克斯！"瑞恩叫道，"我们快走！"

死亡行者脸上的笑容消失了，他朝亚历克斯走来，脚上厚重的皮靴踩在地上咚咚响，一步、两步……越来越近。

好在亚历克斯随时随地都在练习使用护身符，动作已非常娴熟。他不假思索地用左手抓起圣甲虫，右手跟着推了出去。

一阵狂风拔地而起。死亡行者的速度明显变慢了。他迎着风艰难行进，步履蹒跚。

亚历克斯放开手，狂风突然消失。正全力顶风而行的死亡行者收不住脚，失去了平衡，一下摔倒在地。他嘴里吐出一连串脏话，亚历克斯只听清了"弄死你"。

瑞恩抓住亚历克斯的肩："快离开这儿！"

但亚历克斯没听她的，再次把手推出，手掌五指紧闭。风像一支锋利的长矛，带着他的愤怒和绝望刺出去，击中敌人左肩，正在挣扎着站起来的死亡行者一个趔趄半跪在地上。

趁此机会，亚历克斯和瑞恩赶紧跑了出去。刚出拱门不远，亚历克斯却突然停住了脚。

"亚历克斯！"见亚历克斯不动了，瑞恩也只能不情愿地停下来。

死亡行者出现在拱门下，亚历克斯毫不畏惧地看着他："我妈在哪儿？"

回答他的是一串破风箱般的咳嗽声和沙哑的笑声。

沮丧之余，亚历克斯再度出手，风向死亡行者刮去。后者张开嘴将风吸了进去。风像吹进了一个空旷的山洞，无声无息地消失在他体内。

死亡行者那张黑乎乎的大嘴越张越大，亚历克斯突然觉得一阵刺痛，好像身子被掰开了一样，寒意浸了进来。

这时他听到瑞恩在尖叫。她在他身后几步远的地方，鞋跟死死抵进泥地里，抵挡着死亡行者的攻击。亚历克斯突然看到一个模糊的影子慢慢离开了瑞恩的身体，朝着死亡行者飘去。

"这是瑞恩的灵魂！"他马上反应过来。

低下头，亚历克斯发现同样的事正发生在自己身上，只是他的灵魂是灰扑扑的，瑞恩的则鲜艳得多。

体内的寒意越来越甚，亚历克斯感到自己快冻僵了，头也痛得厉害。他左手仍握着圣甲虫，但因为魂魄已经出窍，指着死亡行者的右手发不出任何力来。他突然有一种绝望的感觉，生命正在一点一滴地消失，而自己却无能为力。

剩下的时间不多了。亚历克斯知道不能坐以待毙，就算是为了瑞恩，也得拼死一搏。现在，他全身上下唯一能动的只有眼睛，他抬眼看着上方的天空，一根粗大的树枝落入眼帘。

他集中意念紧盯着树枝，接着，他用残存的全部力量和意志，猛地低下了头。

"咔嚓"！树枝硬生生地被扳断了，向地面坠了下来。

听到响声，死亡行者惊讶地抬起头来，张开的嘴巴正对着树枝。亚历克斯看到一个带着棕色树枝和绿色树叶的影子被吸进了死亡行者的嘴中，粗大的树枝紧跟着砸在他魁梧的身上，把他一下击倒在地。

亚历克斯感到身体一下又能自如活动了。他和瑞恩大口大口吸着气，吸进来的不仅是空气，还有灵魂。

稍稍缓过气来，他忙招呼瑞恩："快跑！"

两个人飞快地朝山下跑去。亚历克斯知道，目前仅凭护身符还不能对付这个死亡行者，还需要有正确的咒语。他们需要重新部署和计划，等时机成熟了再来消灭他。

跑到山腰时，凭借地利之便，亚历克斯看到离正门不远的地方另有一个出口。为了不把死亡行者引到那位女士那儿，他和瑞恩去了新发现的出口，并顺利地打开了门。出了墓园后，两个人沿着斯温小径继续飞奔，直到来到山脚下的繁华社区，看着民宅和商店慢慢多了起来，两个人才停住脚步，在街边的长椅上坐下来休息。

行人们好奇地打量着这两个跑得气喘吁吁的小孩。亚历克斯毫不在乎行人的目光，他看着瑞恩。瑞恩也看着他，惊魂未定地说："那个死亡行者肯定……是想再去……盗墓。"

亚历克斯点点头，掏出手机想给阿迪提打个电话，却发现手机没电了。

时值黄昏，太阳躲在厚厚的云层后面，只露出些许朦胧的白色轮廓，洒下的阳光没有多少热量，但对并排坐在长椅上的亚历克斯和瑞恩来说，已是足够温暖了。

第九章

遇害

　　"奇怪，"她有些不解地想，"墓园各处都维护得很好，为何会任由树枝掉在地上而不及时清理？"

　　她抬起头，想看看还有没有摇摇欲坠的树枝。这时从背后传来一阵沉重的脚步声，她转过身去："亚历克斯？瑞……"

　　回应她的是一个沙哑的声音："你好，宝贝。"

　　不及反应，她的肩膀已被两只手牢牢控住……

海格特公墓管理处，当那位女士把捡到的资料交给阿迪提时，阿迪提礼貌地点头表示了谢意。

"我们也招了实习生，但我们的实习生可懂规矩了！"

"对不起，"阿迪提说，"我保证这事不会再次发生。"

"但愿如此。"

阿迪提努力为亚历克斯他们开脱："他们是美国人，精力充沛，但……"

"原来是美国人，怪不得。他们确实精力充沛，也很机敏，我实在想不出他们是怎么把大门打开的。"

"也许美国的学校会教如何开这种锁。"

女士感到有些不可思议地摇了摇头，不过她不再皱眉了。

"美国佬……"阿迪提顽皮地调侃了一句，把女士逗笑了。

女士把瑞恩掉了的那张信笺纸还给阿迪提，信笺纸最上面那行是她用蓝色墨水笔圈出来的阿迪提的电话号码："我想这是您的电话号码吧。"

"是的，谢谢。"阿迪提接过这页写着一系列紧急联络电话的信笺纸，"对了，如果有什么事博物馆能帮得上忙的，请不要客气。"

"呵呵，像我们这种墓园，缺的就只是资金而已。"

两个人心照不宣地笑了起来。之后女士回值班室去了，阿迪提则顺着坡道往上走，泥泞的道路让她重重叹了口气："早知是这种烂路，真该换双鞋子再来。"

"亚历克斯！瑞恩！"她边走边叫，"快出来！这儿不太安全！"

阿迪提再次查了下手机，她给亚历克斯和瑞恩打了几个电话，却没接到回电，也没有短信。托德曼曾跟她说过，孩子们"有极强的主动性"。他似乎挺欣赏这一点，但现在，她不太确定这一点是好还是坏了。

"亚历克斯！瑞恩！……你们在哪儿？"她又喊了几声。

仍然没有回应。她拐过一个弯，看到一根树枝裂成两半横在路中间。

"奇怪，"她有些不解地想，"墓园各处都维护得很好，为何会任由树枝掉在地上而不及时清理？"

她抬起头，想看看还有没有摇摇欲坠的树枝。这时从背后传来一阵沉重的脚步声，她转过身去："亚历克斯？瑞……"

回应她的是一个沙哑的声音："你好，宝贝。"

不及反应，她的肩膀已被两只手牢牢控住。阿迪提用力挣扎起来，但那两只手像巨石一样沉甸甸地压在她肩头，让她无法挣脱。

死亡行者嘴里继续嘟囔着什么，阿迪提只听懂了一个词："我饿了。"

死亡行者在刚才与亚历克斯的战斗中消耗了不少体力，他急需得到补充。

阿迪提盯着抓住她的这个死而复生的怪物，虽然看不出多少人样，但她仍然知道他的身份。"我知道你是谁。"她狠狠吐了一口唾沫在他脸上。

"等他伸手去擦脸时，我就趁机逃。"她想。

但死亡行者没有松手。

他把嘴张开，阿迪提只感到寒沁入骨，仿佛陷入了冰霜世界。她眼睁睁地看着自己的灵魂离开了肉体，被死亡行者一口吸进了体内。

第十章

分道扬镳

　　亚历克斯语气中的失望之情深深刺痛了瑞恩。有那么一刻，她真想不管不顾地回击过去：是啊，至少我有父母让我思念！但最终她什么也没说，只是深深吸了一口气。

亚历克斯和瑞恩坐在返回市区的列车上。他头痛得厉害，每次用了护身符都会引发头痛，而且随着技艺日趋成熟，痛感也在加剧。他忍着头痛回顾着今天发生在墓园的事：金匠的墓被盗走了陪葬的金饰，另一个墓里面放着给养罐。死亡行者身上穿着的衣服好像是……卡其布？他脸色苍白，皮肤破破烂烂的；声音沙哑，说的是英语。等等，一个用"失传的符咒"复活的死亡行者，怎么会说英语？难道他是个英国人？

亚历克斯转过头去，想征求下瑞恩的意见，却看到瑞恩一直在发抖，显得楚楚可怜、脆弱万分。

瑞恩感受到了他的目光。"我觉得很……空。"她张开嘴想解释，却找不到合适的词，只得低头看地，好像话掉在了地上。

亚历克斯点点头。他之前有过离魂的经历，所以完全能体会她的感受。两个人坐在车上一路无言。

回到坎贝尔文物馆时，亚历克斯的头痛已转化成偏头痛了。萨默斯看到他们俩后说："你们麻烦大了，阿迪提到处在找你们。"

这是意料之中的事。他们两个人上了楼，沿途还遇到几个在馆内参观迟迟未走的游客。亚历克斯吃了两颗头痛药后就倒在了床上。

他的意识渐渐模糊起来。

隔壁房间里，瑞恩把手机连在插座上充电。手机开机后，她看到了一条短信，隔着墙冲亚历克斯喊了一句。但亚历克斯没有回答，他已经睡着了。

第二天凌晨四点，亚历克斯被尿憋醒了。他睡前狠狠灌了一肚子水，现在必须得去上厕所。文物馆里的洗手间设在二楼，房间里虽然有夜壶，但亚历克斯可是个有自尊的人，怎么可能用那种玩意儿？

除了一边的太阳穴还隐隐有些发痛外，其他症状已消失无踪。亚历克斯睡眼惺忪地摸着黑往楼下走。来到三楼时，他感到护身符有些发热，但不以为意，想着也许是自己睡觉时压着了它的缘故。二楼到了，他推开男洗手间的门走了进去。荧光灯下，他的脸在镜子里看起来跟个死人一样。

完事后他返回房间，走在楼梯上时，他感到胸前的护身符更烫了，后颈上的汗毛也竖了起来。难道是死亡行者跟踪他们到这儿来了？亚历克斯握住护身符，屏住呼吸，正准备回头，身后响起了一个声音。

他猛地转过身来，原来是那只小猫！它从他身边一闪而过，飘起来的亚麻布触到了他身上的法兰绒睡衣。它还回头轻轻瞟了他一眼，瞳孔在黑暗中绿光荧荧。

亚历克斯抓住楼梯扶手喘了一口气："原来是你这个小东西……吓了我一跳……"

几分钟后，当他经过瑞恩门外时，发现小猫已蜷成一团睡着了。他小心翼翼从它身上跨过去，想着也许它已有4000年没这样好好睡上一觉了。

重新躺回床上时，亚历克斯很高兴复活转世的不尽是恶人，也有些人畜无害的萌物。再次醒来时亚历克斯的脑袋已经不痛了，护身符也不再发烫，说明小猫随着黑夜的过去已经消失了。他把手机从充电器上取下，发现有很多未接来电，还有阿迪提和卢克发来的短信。现在正是凌晨，不方便给阿迪提回电话，于是最后，他回了她一条短信。

亚历克斯把目光落在中间那堵薄荷绿墙上，本想叫醒瑞恩，但转念一想，现在还有些早，到处都没开门。而且昨天瑞恩受惊不小，就让她多睡一会儿吧。想到这儿，他重新躺了下来。

这一躺就躺到了将近九点，才听到隔壁有些响动，但只响了一下就消失了。

亚历克斯犹豫了一下，抬起手开始敲墙。

"干吗？"瑞恩问，语气中有一丝怒气。但亚历克斯没在意："时间不早了！"

瑞恩没接话，但能听到她起床了，发出很大的声响。亚历克斯穿好衣服后，边往外走边对墙喊了一句："我在走廊上等你。"

小猫已经走了。他站在之前小猫睡觉的位置等了好久，门终于开了。瑞恩两眼无神地出现在他面前，把他吓了一跳："你气色不大好。"

"谢谢关心。"瑞恩摸着一头乱发说，"我觉得很累，瞌睡重得很。"

"别再睡了，我们已经迟到了！"

瑞恩的眼睛一下睁大了："对了，阿迪提博士！现在几点了？"

"快九点半了！"

按照约定，阿迪提博士一般会在九点前来接他们。他们冲下楼，朝萨默斯挥挥手就出了门。今天是他们来到英国后天气最好的一天，艳阳高照、万里无云。亚历克斯眯了眯被阳光刺到的眼睛，在街上寻找阿迪提的小汽车。

然而，除了萨默斯那辆绿色的老爷车外，他们没见到别的车。

"她不在。"瑞恩说。

"看来我们麻烦大了。"亚历克斯说。

他们俩在路边等了很久，都没看到阿迪提的车，亚历克斯越发烦躁起来。瑞恩感觉亚历克斯看她的眼神像要吃了她，除了早前对她说过的"你气色不大好"和"我们已经迟到了"那几句话外，他就没再说话。

"喂，"终于，亚历克斯又开口道，"你觉得昨天那个死亡行者的衣服看起来像什么？"

"衣服？"瑞恩觉得阵阵睡意袭来。

"是的，像什么材质的？"

瑞恩闭上眼，努力回忆着她本想忘却的那一幕："不知道是什么材质，但上面有纽扣。"

"是的！"亚历克斯激动地嚷道，"但古代埃及人的衣服是没有纽扣的！"

"你没必要说那么大声，这儿就咱们俩。"

亚历克斯怔怔地看着瑞恩，继续说道："所以这个死亡行者不可能是埃及人，很可能是英国人。死亡时间也不会离现在太远，至少，他死的时候纽扣已经发明出来了。"

他说话速度很快，瑞恩感觉思维有点儿跟不上。

"但也不能说他去世的时间离现在很近。"她小声道。

"你说什么？"

瑞恩思索了一下，说："别忘了他是木乃伊，现代还有谁会把尸体制成木乃伊？"

亚历克斯耸耸肩，道："但英国人的墓里怎么会有供来生使用的给养罐？那个死亡行者明明已经出去了，他回来肯定是来吃那些食物的。"

瑞恩突然想到了报上登的那张手的照片，那手可是裹着崭新的亚麻布。"如果他死亡的年代较近的话，也许有人仍然在——"

"阿迪提博士怎么还不来？"亚历克斯已没耐心听瑞恩说下去。

瑞恩气恼地重重呼出一口气，对亚历克斯打断她的话深为不满。本来今天她就很不爽，虽说昨晚头一挨到枕头就睡着了，但今早起床后仍感到非常疲惫，仿佛身体被掏空了似的。

　　"我想——"她刚说了个开头，又被亚历克斯打断了："这样干等是在浪费时间，她肯定是生我们气了，不想再管我们了。我们还不如自己调查。"

　　"不会吧，昨天她发了无数条短信过来，没准儿很快就会有电话打过来了，要不再等等？"

　　"我们已经等得够久的了！"亚历克斯愤愤地说，星星点点的唾液喷到瑞恩脸上，"我们急需查明那个墓里埋的是谁，这种信息在网上是找不到的，只能去大图书馆查。这里有图书馆吗？"

　　"当然有，英国国家图书馆可是世界上最大的图书馆之一。亚历克斯，你连这个也不知道吗？"

　　亚历克斯看着远处："瑞恩，你知道你最大的问题是什么吗？"

　　"我有什么问题？昨天发生的事是我的过错吗？"

　　"但我救了你！"

　　"救了我？是你把我拖去那儿的，你当然该负责！"

　　"我是去那儿调查，我想你也有这个意思。"

　　瑞恩差点儿没气炸。"是啊，我哭着闹着要去。然后我们在那儿收获颇丰，发现了很多有用的线索。虽然来了个人不像人、鬼不像鬼的怪物，但我们有惊无险地逃脱了。跑到半路你停下了，疯了似的喊道：'我妈在哪儿？'"她惟妙惟肖地模仿着亚历克斯的声音，

"你是不是傻啊？还指望着那个怪物告诉你实情呢！你能听懂他的话吗？"

这些话击中了亚历克斯的要害，他眯起眼，吐了一口口水："昨天我是有些冒失，对不起。我并不是完人，经常会犯错的。"

"你这话——"瑞恩突然反应过来，一下泄了气。大家都不是什么完人，何必要对亚历克斯求全责备呢。

亚历克斯笑起来，仿佛知道了瑞恩的心思："我们开始行动吧。"

"还是等等阿迪提博士吧！贸然行动不可取。你知道我现在需要什么吗？"瑞恩抬头看了看丽日蓝天，"我需要休息！我累了，亚历克斯，确切地说，我筋疲力尽了。"

"那你今天想干什么呢？"

"我想去国家美术馆里，看伦勃朗画展。我早就有这个愿望了。"

"大都会博物馆不也有他的画吗？"

"但我现在又不在纽约，我是在伦敦，亚历克斯！我来伦敦还不是为了你？别人对你的好你从来注意不到！"

亚历克斯把目光移开："你想家了，你也害怕了。"

亚历克斯语气中的失望之情深深刺痛了瑞恩。有那么一刻，她真想不管不顾地回击过去：是啊，至少我有父母让我思念！但最终她什么也没说，只是深深吸了一口气。

"我去美术馆了，顺便等阿迪提博士打电话来。"瑞恩边走边从挎包里掏出《伦敦指南》递给亚历克斯，"祝你在图书馆一切顺利。"

看着瑞恩远去的背影，亚历克斯非常生气。

"好吧，"他想，"你们都把我撇下吧！这种事我以前又不是没遇到过！我休学后，不也是每天孤零零的一个人在妈妈办公室里待着吗？又不是没尝过孤独的滋味！"

其实，在亚历克斯的内心深处，他已经尝够了这种滋味。

他又想到了妈妈，也许，她现在也正孤独地待在某个地方，期盼着他去救她。他有一种强烈的预感：妈妈还活着，但怎么证实预感是对的呢？如果……亚历克斯摇了摇头，朝图书馆方向飞奔而去。

当宏伟壮观的英国国家图书馆出现在他面前时，亚历克斯心中隐隐升起一线希望，也许他想要的答案就在里面。他可以先从"埃及大道"查起，找出死亡行者的身份，那应该是与埃及联系密切的一个英国人……

英式风格装修的图书馆里面清凉、干净、大得惊人，和亚历克斯以前去过的家附近的小图书馆简直有天壤之别。里面坐满了神色严肃的学者、学业繁重的学生和好奇的游客，偶尔还可见到一些疯疯癫癫的人。书架上的书堆得满满的，还可以找管理员借阅馆藏孤本。

亚历克斯在三楼阅览室找到了一个座位，选了厚厚一摞古书堆在桌上。他先查海格特公墓的资料，一连看了两本，看得眼睛发花、满头是汗，却没找到任何有价值的信息。他又随手拿起一本非常薄的书，书名叫《在埃及大道上散步》。

从书中的描写来看，作者那天走的和亚历克斯他们走的是同一条小径，这把亚历克斯又带回到了惊悚的回忆中去。作者这样写道："我继续往前走，来到一个没有写名字的墓前，想起了这位臭名昭著的考古学家……"遗憾的是，作者没有写出这位考古学家的名字。

没想到墓主竟然是个考古学家！亚历克斯现在有了一些方向：他要找的是一个"臭名昭著"的英国考古学家，死亡时间介于 1839 年和 1904 年之间，1839 年是海格特西区墓园建成的时间，而 1904 年是这本书的成书时间。

第十一章

美术馆遇险

　　隔壁展室也空无一人。瑞恩拼命朝远处的楼梯奔去，但没跑两步，挎包带子被回过神来的保安抓住了，拽得她一个趔趄。镇静剂开始起效，她的视线渐渐模糊起来……

瑞恩正端坐在一幅很大的伦勃朗油画前细细观摩着。虽然她从没见过这幅画，却没有一丝陌生感。因为她在大都会博物馆里看多了伦勃朗的画，对这种在旧帆布上层层堆砌油彩的绘画风格已非常熟悉了。她目光慢慢勾画着画布上人物的轮廓，心情也渐渐放松了，好像自己正在大都会博物馆里等着爸爸下班。当目光移到画布的一角时，她看到了一个张着血盆大口的怪兽，心里不禁颤了一下。

每天都能碰上不可思议的事！运气好时遇上的会是一只想摆脱桎梏的萌猫，运气坏时则会遇上想吸她魂魄的恶鬼……瑞恩觉得自己像个观众，对生命中经历的这些事冷眼旁观，不知这些经历会对她今后的人生产生什么样的影响。她往前走了两步，又退后两步。这时她发现那个怪兽其实是一张人脸，只是颜料比较淡，因此产生了错觉。这个发现让她有些忍俊不禁。

心情轻松下来后，她又想起了和亚历克斯的那场争吵，以及为什么自己没跟他去英国国家图书馆。是的，亚历克斯有时挺自私，但这不是最主要的原因，主要是她太累了，身心俱疲，必须要调整一下。她又看了一眼画，心里暗暗赞叹着它的漂亮与独特。

古墓奇谭
❷
护身符守卫者

"嗨，瑞恩。"一个人在她身边坐下。

瑞恩转过头去，惊讶地说："是你呀，卢克。"

"是我，你在干吗？"

"没干吗，看画展呢。"

"啊，对，美术馆嘛，我也是来看画展的。"

"真的吗？"瑞恩不想表现得无礼，但是卢克穿着一身运动服，感觉随时可以上场打篮球比赛似的，"你看起来不像是来看画展的呀。"

"嘿嘿，的确不像，这是训练营派下来的任务。"卢克解释道，"让我们增加文化素养，说是对提高思维能力和反应速度很有好处。要是让我知道了是谁出的这个馊主意，准饶不了他。"

"说得好。"瑞恩的脑海中浮现出一幅滑稽画面：一群身着背心和及膝短裤的小运动员好奇地围在裸体雕像前指指点点。

"这是谁画的？"卢克指着那幅伦勃朗的画问道。

"你不是在开玩笑吧？"

卢克脸上茫然的神色告诉瑞恩他不是在开玩笑。瑞恩叹了一口气，道："伦勃朗画的。"

卢克摊开一张纸，从短裤里摸出一支笔。他看看纸，把笔又放了回去："天哪，这个名字我已经写了。"

"你还真是贵人多忘事。"瑞恩讽刺了一句，但马上就后悔了，之前机场里如果不是卢克及时赶到，她可能早没命了。

"我记性是不好，"卢克苦笑了一下，"对了，亚历克斯在哪儿？这小子昨天竟然不回我的短信。"

"他手机没电了。"

卢克点点头："那他现在在哪儿？"

瑞恩考虑了一下，说："他在看书。"这个回答算不上撒谎。

卢克看瑞恩的眼神让她心里有点儿发虚，难道他看出了她是在敷衍他？虽然很多时候卢克看起来傻愣愣的，但没准儿现在人家脑子突然转过弯来了呢。

"是他实习的一项内容吧？"卢克问。

瑞恩还在琢磨卢克说的这番话是在装傻还是认真的时候，卢克已经站起来往门外走了——他纸上还记着一大堆要看的名画呢："下两层楼有更多的伦勃朗的画。"

"谢谢。"瑞恩也站了起来。

"叫我表弟给我回个电话，再见！"

"好的，再见。"

瑞恩看了下地图。"下两层楼"就是负二楼，地图上标注着"塞恩斯伯里馆"，那里有一个短期展览项目，卢克说的应该就是这个。

她来到负二楼，看到了一个保安。"请问一下，伦勃朗的画展在哪儿？"

保安指着最远的一个角落说："在那边，最后一间屋。"

瑞恩谢过后，步履轻快地朝保安指的方向去了。

保安轻手轻脚地跟在她身后。瑞恩一直没回头，因此也没注意到这个。

瑞恩满心欢喜地走进展室，却发现这儿空无一人。墙上挂的也不是伦勃朗的画作，而是更早期的一些英国绘画。正疑惑间，身后的玻璃门突然关上了。

"里好。"

说话的是在机场遇到的那个货车司机利亚姆。在他身后，透过紧闭的玻璃门，瑞恩看到那个给她指路的保安守在门口。"我真蠢，"她暗暗责怪自己，"以为只有在外面才需要保持警惕，其实危险无处不在。"

"你想干吗？"她把手伸进兜里，问。

"卜想干吗，"利亚姆嘴角扬起一丝邪恶的笑容，"别怕，跟偶们走。"

房间里没有别的出口。瑞恩把一条长凳拖过来挡在自己和利亚姆中间，灵活地左右躲闪着，倒也让利亚姆一时近不了身。她掏出手机，用颤抖的手指编辑着短信，这时她看到利亚姆从兜里拿出一根针管。

瑞恩知道，针管里装的是兽用镇静剂，昨天见到的那个体格健壮的保安差点儿因此送了命。她手指触到"发送"键狠狠按了下去。与此同时，利亚姆挥着针管朝她猛扑过来。瑞恩急忙避开，针管擦过她左臂，留下了一道深长的伤痕，不知有没有镇静剂进入体内。眼见利亚姆从长椅左侧绕了过来，她急忙转向右侧，朝出口方向冲去。

"拦住她！"利亚姆叫道。

保安闻言转过身来，正好看到瑞恩使出全身的力气撞到玻璃门上，弹开的门碰到他脸上，撞得他眼冒金星。瑞恩硬生生挤出一条狭窄的缝冲了出来，留下利亚姆在室内暴跳如雷地干号。

隔壁展室也空无一人。瑞恩拼命朝远处的楼梯奔去，但没跑两步，挎包带子被回过神来的保安抓住了，拽得她一个踉跄。镇静剂开始起效，她的视线渐渐模糊起来……

第十二章

骇人的真相

亚历克斯拨打了瑞恩的手机却没人接听，电话被转到了语音信箱。他心急如焚地出了图书馆，向路人问明了怎么去国家美术馆，真恨不得插上翅膀马上飞到瑞恩身边。这时他突然想到了卢克，他不是说在美术馆看到瑞恩了吗？但愿他还在那儿！

查阅工作已近尾声。现在，亚历克斯正坐在图书馆地下室的一间狭小的阅览室里，打开一本早已绝版的厚书，书名叫《十九世纪的英国考古学家》。他直接翻到最后的索引页，想查查是什么原因让一个考古学家变得臭名昭著。

他很快找到了答案，这在整个考古界是一个敏感而忌讳的话题——盗墓。早期，欧洲权贵是公开挖掘埃及古墓，就连拿破仑也做过这种伤天害理的事。后来，各国政府立法禁止了此事，但从书末附着的那一篇长长的盗墓名单来看，显然不遵守法律的人很多。

亚历克斯突然灵光一闪想到一件事：海格特公墓里那个没有名字的墓穴，从打破的棺盖和门来看，这个墓无疑是被盗了。

接着，他的想法逐渐清晰起来：应该查明墓主的身份，也许他就是死亡行者。他记起之前他的那个想法：一个与埃及有着密切联系的坏英国人——很可能就是那个臭名昭著的考古学家！

亚历克斯的目光落在 M 开头的词条上，前面全部是一些著名的木乃伊的介绍，只有最后一条是"木乃伊的制作"。他翻到该词目所在的第 17 章，发现这章的内容主要围绕着一个人展开：

在虐待战俘的恶行曝光后，温弗雷德·威洛比上尉被迫退役，开始从事其他职业。他自诩为"绅士考古学家"，但据说他其实是个专业的盗墓贼。后来，他被指控与多起盗墓事件有关，还涉嫌谋杀了另一个与他有竞争关系的考古学家和两个年轻的掘墓工。在等待庭审期间他仓皇出逃埃及，从而匆匆结束了他的第二职业……

从这些描述来看，这确实是个品行不好的英国人，亚历克斯这样想着，继续往下读：

为了寻求所谓的"永生"，威洛比生前留下了一大笔钱，让人把自己的尸体制作成木乃伊。但找来的工人从没做过这种事，不仅没有经验，而且连程序都搞错了。根据当时的记载，清洗尸体这一步直接跳过了，其他5个步骤也是敷衍了事——亚历克斯想着那5个步骤：去掉内脏器官、用盐脱去尸体水分、在尸体上抹更多的盐、用树脂密封起来、用亚麻布层层包裹。工人们甚至不知道拿工具的正确姿势。

亚历克斯一边翻页，一边快速动着脑子：一个由业余人士省略了步骤制作出来的木乃伊。他想起了死亡行者那沙哑的嗓子和斑驳的皮肤。下面是该章最后一句话的内容："因为他生前的丑闻，在威洛比下葬时，墓园拒绝将他的名字刻在坟墓上。"

这页还配了一张下葬时的黑白照片，画面模糊而粗糙。亚历克斯一眼就认出他来，虽然体形没那么魁梧，但脸和轮廓一点儿没变。

真相大白了：这座墓并没有被盗，是威洛比醒来后自己出去了！

得赶快告诉瑞恩这事！想到这儿，亚历克斯合上书，一步并作两步往楼上走。他想象着瑞恩在得知这条线索后眼前一亮的可爱

第十二章　骇人的真相

99

表情。楼梯上到一半时，手机有信号了，短信提示音响个不停。亚历克斯想一定是阿迪提发来的。他边走边读，头差点儿撞在门上。瑞恩的短信是倒数第二条：美术馆地下室角落货车男救命。

他心沉了下去。最后一条是卢克发来的信息：我在美术馆看到瑞恩了，你在哪儿？

亚历克斯拨打了瑞恩的手机却没人接听，电话被转到了语音信箱。他心急如焚地出了图书馆，向路人问明了怎么去国家美术馆，真恨不得插上翅膀马上飞到瑞恩身边。这时他突然想到了卢克，他不是说在美术馆看到瑞恩了吗？但愿他还在那儿！

亚历克斯给卢克打了电话，三言两语说清了此事。在进地铁站前他听卢克说道："我这就去救她！"

列车只走了短短几分钟，但对亚历克斯来说却像几个小时。到了查令十字街站后，他像一匹脱缰的野马冲了出去，避过汽车和行人，一头扎进了美术馆。沿途的保安提醒他"慢点儿"，但他视而不见、听而不闻，继续埋头猛跑，直到看到楼梯口站着的又一个身穿保安制服的人才停下了脚步。他一眼认出了这个人是机场围追堵截他们的匪徒之一。

仇人相见分外眼红，两个人朝着对方冲了过去，亚历克斯握住了护身符。游客们围上来看热闹。他们站在亚历克斯的后面，看到的是男孩用不可思议的力量把强壮的"保安"推下了楼。但只有"保安"心里明白，亚历克斯连碰都没碰到他，是护身符的法力把他推了下去。

亚历克斯冲下楼梯，从那个正挣扎着想爬起来的保安身上跳了过去。当他下到负二楼时，发现这儿已成了一个战场：瑞恩眼睛紧闭双手被绑地躺在地上，利亚姆挎着她的包，正蹲着用围巾包住她被绑的手腕。卢克背靠墙角与两个大汉对峙着，其中一个穿着保安制服，但他们似乎并不急于向卢克发起攻击。

"来得正好，表弟！"卢克叫道。他张开双臂，摆出一副煞有介事的架势，把那两个大汉唬得死死的。利亚姆似乎对亚历克斯的到来并不感到惊讶："偶道是谁来了呢！"

亚历克斯咬咬牙，握紧了护身符，一股劲风刮向利亚姆，吹得他连连后退了好几步。那两个跟卢克对峙的大汉眼看大事不妙，一下乱了方寸。卢克敏捷地从他们两个人之间穿过，一头撞上利亚姆，把这个大块头撞倒在地上。

"你刚才做了什么？"卢克疑惑地问亚历克斯，"感觉你只是指了指他。"

亚历克斯看了看圣甲虫，知道这个秘密瞒不住了，但现在还不是说的时候。"注意你后边！"他叫道。

卢克回头一看，原来两个大汉正准备朝他扑来。他灵巧地先向右闪，跟着又跳到左边，两个大汉在空中撞了个正着。

大汉们改变了目标，朝亚历克斯扑来。护身符发出的强风不可能同时对付两个人，亚历克斯迅速扫视了一遍四周，目光最后落在了利亚姆身上。他不知道能否举起利亚姆，但为了瑞恩，怎么着也得试一试。利亚姆摇摇晃晃正想站起来，突然感到自己身体悬空了，被一股力驱使着朝两个大汉横扫过去。三个人一齐倒在冰冷的地上号叫不已，一半是因为疼痛，另一半是因为惊恐。

"说真的，这到底是怎么回事？"卢克冲到亚历克斯面前，"那大块头怎么突然跳那么高？"

瑞恩还没醒，他们俩一左一右守护在她身边。

"抓住那小子！"利亚姆挣扎着站起来，"他是偶们真正需要的人，必要的话把他的手砍断！"

两个大汉从地上爬起来，随着"嗖"的一声，手里各多了把弹簧刀，刀刃在灯光下闪着凛冽的寒光。

这时，已有少许听到号叫的游客下楼来看发生了什么事。"他们有刀！"一个游客叫道，一个真正的保安闻声赶了过来。

利亚姆不屑地看了眼越聚越多的人，又看了眼地上的瑞恩。亚历克斯迎上他的目光，脸上的表情似乎在说：别想把她带走。

"偶们还会见面的，小子！"利亚姆说。

两个大汉在前面开路。看着他们手上的刀子，游客们尖叫着退向两边，让出了一条通道。保安试图阻止他们离开，却被利亚姆一拳打在了肚子上。

"我的包……"

这声微弱的呼叫让亚历克斯欣喜若狂，瑞恩醒了。他反应过来抓住护身符时，正好看到利亚姆背着橄榄绿挎包的身影从视线中消失。

"对不起，"亚历克斯看着仍两眼迷糊的瑞恩说，"真的非常对不起。"

他们都知道，他的道歉并非只针对没有夺回的那个绿挎包。

第十三章

失败的命运

　　在城市的另一边，利亚姆正忐忑不安地行进在一条漆黑逼仄的墓道里。作为兄弟会的杀手，他明白任务失败会承担什么样的后果。

瑞恩的意识还没完全清醒，眼睛似睁未睁。亚历克斯和卢克只得弯下腰，一左一右扶着她偏偏倒倒往前走，形成一幅滑稽的"三人行"画面。一个保安追出来，在门口喊话让他们回去，说警察马上就到了，引来路人纷纷侧目。三个人没理他，在众人怀疑的目光中穿过马路走进地铁站。等车一开，瑞恩又昏睡过去，就像刚下了飞机在倒时差似的。

卢克问亚历克斯："为什么不等警察来？"

一听此言，周围乘客纷纷转过头来，亚历克斯忙"嘘"了一声，让满肚子疑问的表哥别再问下去。他现在发愁的是该如何向表哥解释，因为这个崇拜死亡的邪教组织警察对付不了？还是从头说起？卢克会不会把他们当成神经病？他低头看了看掩在衬衫下面的护身符。

"那是什么玩意儿？"卢克低声道，"那些家伙没理由自己摔倒，是你用那玩意儿干的，对吧？"

亚历克斯用眼神示意表哥：别再说了！

"好吧，那我们现在是去哪儿？"

"回坎贝尔。"瑞恩喃喃地吐出一句。

三个人不再说话，各自想着心事。亚历克斯此时的思维十分清晰，他想到了阿迪提博士。他昨天的冲动和冒失很可能让她陷入了困境，也许她已经被那些坏人抓走了。想到这儿，他心沉了下去，一时间五味杂陈，既有对阿迪提的愧疚，也有对兄弟会的痛恨，还有对瑞恩获救的欣然，以及对卢克及时出手相助的感激。

亚历克斯瞟了一眼满脸愁容的表哥。后者迎上他的目光，低声但清晰地吐出一个词："刀子。"亚历克斯点点头。没想到这么快就与这帮匪徒再见了，更没想到的是他们还带了刀，明显有备而来，这一点让他尤其感到后怕。

瑞恩静静地坐在两个人中间似睡非睡。随着列车的颠簸，身子时不时轻轻地撞上亚历克斯，好像在安慰他似的。

出站后，三个人走在熙熙攘攘的大街上，卢克说："我不知道你们两个到这儿来干啥，但显然这比训练营刺激多了，训练营没人想杀我。我救了你们，自然希望能有回报：让我加入你们。"

亚历克斯和瑞恩对视了一眼，在经历了刚才的一切、在卢克再次救了他们的命之后，还有什么讨论的必要？他已经卷进来了。

他们顺路去了趟连锁超市特易购，买了很多食物，之后就往坎贝尔文物馆的方向走。

"回家了，回家了。"亚历克斯轻声哼唱着。

瑞恩手上拿着一板吉百利巧克力，眼神重新焕发了光彩："蹦蹦跳跳回家去。"

在城市的另一边，利亚姆正忐忑不安地行进在一条漆黑逼仄

第十三章 失败的命运

的墓道里。作为兄弟会的杀手，他明白任务失败会承担什么样的后果。"里们要带偶去哪儿？"他紧张不安地问。墓道越来越深，除了泥土、岩石外，感受不到一点儿生命的气息，这让他很没安全感。

带路人一言不发。利亚姆鼓足勇气看了他一眼，这人头上戴着个重铁打制的鳄鱼头头套，把脸遮得严严实实的，看不到表情。

"里叫什么名字？"利亚姆不安地问。他知道这个戴头套的人肯定是个不好惹的家伙，但墓道里死一般的寂静快把他逼疯了，他迫切想听到除他以外的另一个声音。

"塔–米沙。"低沉的声音从牙缝中挤出，让利亚姆闻之胆寒。

"塔什么？"他没听清。

另一个同样戴着头套的人看了他一眼，把头套上的鼻子调正，眼洞里露出来两只黑色的小眼睛。

"塔–米沙！"那人提高声音重复了一遍。

利亚姆其实还是没听清，不过他没再问，只是点了点头。

长长的墓道在深不可测的黑暗中延伸着。利亚姆抬头看了看天花板，中间有一道不规则的条状物泛着绿白色的弱光，这是整个墓道内唯一的光亮。应该是一种在黑暗中会发光的真菌，利亚姆想，他之前看过 BBC（英国广播公司）的一个节目，讲的就是这种会发光的真菌。

越往里走，利亚姆心里的不安越强烈，他又问了一遍那个问题："里们要带偶去哪儿？"

塔－米沙又走了几步，才回答："我想带你去见一个人。"

利亚姆不知道要见的人是谁。他和手下只知道戴头套的人是组织里管事的，必须无条件服从。墓道尽头有一个大房间，塔－米沙放慢脚步，示意利亚姆先进去。

房间里摆着一张大石板，一个身材高大的男子坐在石板后，用墨黑无光泽的眼睛盯着利亚姆。利亚姆被这种目光看得心慌意乱。他极力镇静下来："是里想见偶吗？"

那人说了些什么，利亚姆没听清楚，于是塔－米沙向他解释说："他给你安排了另外一项任务。"

又是什么任务？利亚姆有点儿摸不着头脑。

威洛比穿着一件脏兮兮的衬衫，袖子卷了上去，在面前一个摆满金属器械的盘子里翻找着。冷冰冰的器械相互碰撞，不时发出"叮当"声。最后，他拿起一根细细的铜探针，针前端是一个尖锐的小钩子。不同于之前处理他尸体的那些业余雇工，威洛比拿针的姿势非常标准。他看着利亚姆笑了。

"好吧。"利亚姆反应过来，面前这两个人准备取他性命了。一直以来，看在可观的报酬的分上，他忠心耿耿地为兄弟会卖命。虽不能说每次都圆满完成了任务，但没有功劳也有苦劳。没想到兄弟会如此冷酷无情，眨眼就翻脸，但他可不想坐以待毙。他转过身，以一种与他身形不相配的速度飞快地朝外面逃去。

塔－米沙看似漫不经心地从黑色长袍下伸出右手，掌心向下快速扇动了几下。利亚姆已跑到墓道口了，突然感到身子飘了起来。他手足无措地在空中挣扎着，正惶惑间，又"砰"的一声摔了下来，后脑勺撞在坚硬的地上，一下昏死过去。

一个脏兮兮的小男孩突然出现了。

"为什么这小家伙还活着？"尽管塔－米沙有此疑问，但他还是让到一旁，让小男孩过去。

威洛比放下铜探针，活动着他那肿胀得跟香肠一般粗的手指头，塔－米沙知道为什么：制作木乃伊是一项复杂的技术活，需要灵巧的手指。

一个长相粗陋的僵尸亦步亦趋跟在男孩后面，他们合力把利亚姆拖到石板前。僵尸弯下腰，脱掉利亚姆身上的衣物，这时又一个僵尸过来了，和他一起把利亚姆抬到冰凉的石板上。

看着僵尸们笨拙机械的举止，塔－米沙想："看来他们死后，身体失去了灵活性。"

男孩像受了催眠似的机械地站在威洛比身旁，把带钩子的铜探针递给他。在威洛比制作木乃伊的过程中，外面的天空异象纷呈：云层越来越厚，如海浪一般翻滚着，天像要破开了似的。接着，红雨淅淅沥沥地洒了下来。

塔－米沙冷眼看着木乃伊的制作过程，闻着渗进墓中的红雨气味，想起了一句古谚语：以血还血。不过这句话对他来说意义不大。威洛比并不是他的主人，只是被派来助他一臂之力的。仅此而已。让这个英国人收集他的"玩具"吧，很快，我们就能获得真正的永生，以及随之而来的统治世界的力量。

第十四章

爆炸新闻

  亚历克斯迅速浏览了一遍新闻：在开完一天的紧急会议后，阿迪提博士离开了大英博物馆……有人看到她曾用手机打过电话，却查不到通话记录。

　　三个小伙伴挤在亚历克斯的房间里，眼睛齐刷刷盯着瑞恩的平板电脑，上面是一条耸人听闻的标题：博士失踪了。

　　亚历克斯迅速浏览了一遍新闻：在开完一天的紧急会议后，阿迪提博士离开了大英博物馆……有人看到她曾用手机打过电话，却查不到通话记录。

　　亚历克斯知道原因，这个号码是一次性的，托德曼也有一个，专用于紧急情况下的秘密通话。

　　"她说了些什么？"他自言自语道，"或是给我们留了什么信息？"

　　亚历克斯看着屏幕上阿迪提那张面带微笑的照片，愧疚和愤怒在他心中交织着。一直以为兄弟会的目标是他和瑞恩，没想到连累了阿迪提。想起在办公室里和她发生的争执，亚历克斯不禁深感内疚，冒失让他再一次犯下大错。

　　"你觉得会不会是那个邪教组织把她抓走了？"卢克比画着说，"那个'兄弟会'？"

　　"我倒希望是这样。"亚历克斯说。因为他想到了另一种可能——死亡行者需要吸食活人的灵魂。这事他还没告诉卢克。

"我不想再看了。"瑞恩站起来朝门口走去，"电脑先搁你这儿吧。"

亚历克斯不知道她是不是想到了同样的事，抑或是她累了、想休息了？他看着她出了门，没一会儿听到隔壁房间的门开了。他转过身来，发现卢克正看着他。

"得了吧表弟，"卢克说，"我没你们俩聪明，但我看得出来，你们有些事瞒着我。"

亚历克斯点点头，是时候告诉卢克这些事了。他深吸一口气，把护身符从领口处掏了出来："我下面要做的事也许很不可思议，你先看看。"因为头还有些痛，他没敢做什么大动作，只选择了一些普通物品小小炫了一下技，如堆书本、开关窗户和灯等，卢克惊讶得眼睛都瞪圆了。

接下来，亚历克斯把一切原原本本地讲给了卢克听，只略去了在他生命垂危之际，是妈妈用"失传的符咒"把他救了回来的这个部分。究其原因，是因为他内心一直不愿正视这个事实：发生在纽约、伦敦、开罗以及世界各地的诡异之事，皆是因他而起。

他讲完后，卢克沉默了好一会儿，亚历克斯看得出表哥正在努力理解这些不可思议的事。"这么说来，外面下的根本不是什么红藻，对吗？"卢克看着窗外的红雨，自言自语道，"那现在我们该怎么办？"

"还记得我给你说过的海格特吗？我们得再去一趟。"

"那个公墓？"

古墓奇谭 ❷ 护身符守卫者

　　亚历克斯脑海中浮现出死亡行者身上那件沾满污泥的衣服，坚定地说："对，我们得进到墓里面去调查。"

　　亚历克斯本想现在就走，无奈雨下得很大，加上瑞恩需要休息，所以这个下午他待在房间里和卢克聊起了妈妈，卢克还记得姨妈带他参观博物馆，以及送他自行车当生日礼物的事。这些平常小事亚历克斯此时听来却是倍感温馨，感慨万千。

第十五章

战前准备

亚历克斯握住护身符，目光从一幅幅卷轴上扫过："为了走进阳光"，"为了在死后的世界呼吸"……浏览完毕，他泄气地说："没有，都不合适。"

突然，他似乎感觉到了什么，对萨默斯说："这儿还有别的《死亡之书》吧？"

心情平复后，亚历克斯下了楼，卢克紧跟其后。

现在刚过五点，萨默斯带着一脸哀伤的表情正在关灯、清场，做着闭馆前的准备。他两眼通红、面部浮肿，一看就是哭过了。亚历克斯知道他为什么这么难过。

"你和阿迪提博士关系很好，对吧？"

萨默斯停下手中的活，看着亚历克斯："她曾做过我的学生。对我来说，她就像我女儿。"

亚历克斯脑中回响着这句话：就像我女儿……

"我们会把她找回来的。"另一个也听到了这句话的人说道。

进来的是瑞恩。她刚睡了一觉，头发乱糟糟的，但眼睛炯炯有神。萨默斯疲惫地朝她笑笑，这笑容让亚历克斯更感愧疚。他的起死回生让许多无辜的人遭了殃，他对这一切，尤其是阿迪提博士的失踪，负有责任。

"如果有我能帮得上忙的地方请尽管说，"萨默斯说，"这可不是客套话。"

"确实需要你帮忙。我们需要《死亡之书》，这个大英博物馆里有，一旦知道了正确的咒语……"亚历克斯声音低了下去，现在还不知道该用哪条咒语，但他肯定一旦看到"它"，他就会知道是"它"了。

"为什么需要一本书？"卢克想不明白。

亚历克斯解释道："我们即将和死亡行者威洛比交战，只有《死亡之书》上面的咒语能把他送回去。打败了他，伦敦的这些怪事也就自然没了，这就跟打蛇要打七寸一个道理。"

"这么说来你会用《死亡之书》？"萨默斯问。

亚历克斯点点头。阿迪提曾说过，萨默斯是个值得信赖的人，他不清楚阿迪提是否告诉过萨默斯他们来伦敦的目的。"您能帮我们搞到《死亡之书》吗？"

萨默斯疲惫地笑了笑："我只是坎贝尔的管理员，就算能去大英博物馆，也不可能抱着一堆古代卷轴大摇大摆地走出来。"

他说的是事实。大英博物馆的安保级别可是全球顶级的，现在没了阿迪提做内应，要拿到《死亡之书》几乎不可能。

"不过我这儿也收藏了几幅《死亡之书》。"萨默斯又说。

亚历克斯摇了摇头："我刚来时已经看过了，这儿的咒语好像不太合适。"

"但我们现在已经弄清了死亡行者的身份，"瑞恩说，"你再重新看一遍。"

"行。"

他们来到摆放着《死亡之书》的房间，寥寥几幅莎草纸和亚麻布上面用象形文字和图画描绘着神灵和人类、审判与被审判的故事。

亚历克斯握住护身符，目光从一幅幅卷轴上扫过："为了走进阳光"，"为了在死后的世界呼吸"……浏览完毕，他泄气地说："没有，都不合适。"

突然，他似乎感觉到了什么，对萨默斯说："这儿还有别的《死亡之书》吧？"

"别的？"

"是的，我能感受到它们的存在。"

一开始，萨默斯似乎有点儿不太明白，但很快他想起了什么："你说对了，地下室里还收藏了一些。因为外观不是很好看，所以没有放在这里做展示。"

他们来到昏暗的地下室。这里很久没人清扫过了，墙角结着蜘蛛网，地板上铺着厚厚一层灰，踩上去尘土飞扬。

瑞恩和亚历克斯站在门口，看着萨默斯在积满灰尘的柜子、盒子里翻找着。亚历克斯看到了一个盒子："会不会是桌子下面那个旧盒子？"

萨默斯把盒子拿出来翻了个个儿，吹去上面的灰尘，露出三个已经褪色的用荧光笔书写的字母：B.O.D。"里面要么是你们要找的东西，要么是死尸。"他揶揄着举起盒子，"砰"的一声放在桌子上。

亚历克斯打开盒子，明白了为什么这些《死亡之书》不适合用于展示。按照考古学家的标准来看，这些都是他们看不上眼的边角料，但亚历克斯很快发现这堆东西比楼上那些普通的咒语有价值多了。他把保存完好的布条铺在桌上，一条条读过去：

"在死后让灵魂安息。"

"在阴间免受毒蛇噬咬。"

"免受盗墓贼和外国窃贼的侵扰。"

"安然离去，欣然归来。"

亚历克斯停下，重新看了看之前读的那条："免受盗墓贼和外国窃贼的侵扰。"

他沉思良久，道："我想就是这条。"

"你确定？"卢克说，"这块布脏兮兮的，看起来像是3000年前人们吃了比萨后用来擦嘴的餐巾。"

亚历克斯笑了，古埃及人在数学、医学等很多领域为人类文明的发展做出了卓越的贡献，但比萨不是他们发明的。萨默斯给了他一个牛皮纸文件袋，他小心地把这块亚麻布放了进去。

"你确定？"瑞恩也这样问。不同于卢克的懵懂无知，她懂得其中利害，只有正确的咒语才能将死亡行者送回去。

"我确定。"话虽这么说，但亚历克斯心里也在打鼓，毕竟，他对威洛比的了解仅仅来源于上午在图书馆看到的那本书。

"如果你弄错了……"瑞恩不无担心地说。

如果我弄错了，我们就全完了，亚历克斯比谁都清楚这个后果。他想起资料上关于威洛比的记载："专业的盗墓贼……被指控与多起盗墓事件有关……"必须是这条，不是吗？

"就是这条。"他肯定地说。他已准备好了和死亡行者再战一场，这条咒语就是他的入场券。他担心的只有一件事——毕竟他们也算得上是闯进别人墓穴的外国窃贼："我只希望这条咒语不要应验在我们身上。"

他们出了地下室。"还要准备些什么别的东西？"萨默斯一边关门一边问。

"也许需要带把铲子。"亚历克斯说。

"还有手电筒。"瑞恩补充道。

"我要佳得乐①。"卢克想了想说。

①佳得乐：一种全球领先的运动型饮料，拥有四十多年的运动科学研究背景。

第十六章

蓄势待发

　　三个小伙伴站在墓前你看看我、我看看你，最后，瑞恩和卢克齐齐把目光落到亚历克斯脸上。

　　亚历克斯吸了口气，感觉心跳加快了："好吧，我走在前面。"他站在门口，回过头来看了瑞恩和卢克一眼后，就举着手电筒义无反顾地走了进去。

古墓奇谭 ❷ 护身符守卫者

亚历克斯和瑞恩、卢克默默无言地坐在火车上，萨默斯则留守坎贝尔文物馆。他本想跟着一起去，但他们坚持让他留下。萨默斯叹了一口气，也罢，像他这种年纪，去了只会拖累孩子们。

卢克想象着行尸走肉般的"死亡行者"会是个什么样的东西，越想越觉得可怕。列车进站了，亚历克斯放在地上的背包摇晃了一下，发出"当啷"一声响。

"我们到了。"瑞恩说。

卢克站起身，主动背起了亚历克斯那塞得满满的包。他这样做不仅是因为自己的身体比表弟的强壮，最主要的是他希望表弟能空着手，这样一旦有什么事，亚历克斯可以及时使用护身符。在见识了护身符的法力后，他安心了不少。虽然他还无法理解，为什么这只小小的圣甲虫竟有如此大的威力，但对理解不了的事，他想最好是顺其自然，别想太多。

在等上行电梯时，瑞恩突然冒了一句："其实没必要的。"卢克不知道她是什么意思，直到电梯走到一半时才反应过来："你的意思是没必要上去，反正我们马上又要回到地下去？"

瑞恩紧闭双唇心不在焉地点了点头。卢克不是很了解这个姑娘。亚历克斯住到家里没多久，他就看出表弟暗中在干一件大事，但瑞恩的心思他猜不透。

出了车站，他们顺着山坡往公墓方向走去。暮色四合，光线越来越暗。卢克兴致勃勃走在前面，把爬山当成了一次锻炼机会。爬到一半时却见亚历克斯和瑞恩停了下来，于是他返回去看是怎么回事。

一对散发传单的中年夫妇正在跟亚历克斯和瑞恩交谈。"目前为止还没找到，如果有人在那天晚上见到过他就好了。"那位中年女士悲伤地说。

卢克瞟了一眼瑞恩手里的传单，一眼认出了照片上的小男孩。同时也记起自己不是第一次见到这张照片："这是你们的外甥，是吧？"

"是的，我们的小罗宾。"

"希望你们早点儿找到他。"

告别了那对夫妇后，他们继续往山上走。想到失踪的罗宾，卢克脚步变得沉重起来：是兄弟会干的，还是死亡行者作的恶？敌人这么强大，我们能战胜他们吗？

除了那对中年夫妇外，一路上他们再没见过别人，只有几辆巡逻警车和汽车经过。

"我们从这儿穿过去。"瑞恩指着一个写着"华特鲁公园"的路牌说。

空无一人的公园在暗淡的灯光下显得颓败、寂寥。除了夜间出来觅食的鸟儿和池塘里的野鹅发出的声响外，再无别的声音。从公园后门出来，对面就是静如鬼城的海格特公墓。小径上唯一一盏路灯的灯泡坏了，黑灯瞎火的，更增添了几分恐怖的气氛。

起雾了，薄雾给山坡和大地罩上了一层白色的面纱，看起来似乎比尚未黑透的天空还要亮。

亚历克斯他们来到墓园正门，透过铁栅栏，只见里面漆黑一片。

"我们是孤军作战。"卢克说。

亚历克斯握住了护身符道："不，我们不是。"

"该你的神奇宝贝出场了，老弟！"卢克说。

亚历克斯用护身符移开了锁上的插销，大门徐徐开了。

"等等。"瑞恩突然说。

"怎么啦？"亚历克斯转过身来，"你看到什么了吗？"

"没有。只是……我们非得现在就行动吗？天都黑了。"

"你什么意思？我们来都来了！"

"我知道。我的意思是我们可以回去再筹划下，准备充分点儿……"

"然后等天亮了再来！"卢克接上话。

亚历克斯一听火了："要回你们回好了，我一个人去。"说完，他把门推到全开，头也不回地走了进去。另外两个人互看一眼，不情不愿地跟在后面。三个人均穿着软底运动鞋，走在路上无声无息。很快他们就来到坡道口，亚历克斯停下来，看着掩映在茫茫夜色中的树林、墓碑、十字架和墓穴。

"这儿可真黑。"卢克说。

"确实，"瑞恩说，"要不要手电筒？"

亚历克斯抬起头。今晚的云层很厚，把月亮完全遮住了，难怪这么黑，但如果用手电筒的话，他们很可能会被人发现。"别用手电筒，我们只要不走岔路，不会有问题的。"

亚历克斯在前面领路，瑞恩和卢克跟在后面。路上的白色石头微微有些反光，三个人就循着这些隐约可见的白光往前走。坡道上的雾越来越浓，没多久，脚下就连成了白茫茫的一片，坟墓和墓碑像黑色岛屿排列两旁，绵延不绝。

"这些墓碑可真大！"卢克倒抽了口冷气。

"因为有人在里面。"亚历克斯小声回了一句。

"什么？"卢克声音一下大了。

亚历克斯"嘘"了他一声，解释道："你说的墓碑其实是棺材，它们没有埋到地下，而是直接放在了地面。"

卢克这才仔细打量了一下离他最近的那具长方形石棺，上面精心雕刻着各种复杂的花卉图案。他挥了一下手，低声道："你好啊，老兄。"

"嘘，"瑞恩说，"我们就快到了。"

"到哪儿了？"卢克压低声音问。

瑞恩瞪了他一眼。由于光线太暗，卢克没注意到。

"到埃及大道了。"亚历克斯说。

三个人过了拱门，在小径上停留片刻，想听听有什么动静。

四周漆黑一片，寂静无声。

"手电筒。"亚历克斯低声道。

卢克轻轻取下背包，三个人各拿了一支手电筒。

"照脚下。"亚历克斯嘱咐道。

手电筒光穿透了脚下的雾，三个人慢慢往威洛比的墓穴走去。亚历克斯靠近瑞恩，小声问道："你没事吧？"

"就算有事，难道现在能回去？"瑞恩总算逮着反击的机会了，对亚历克斯咬牙切齿道。

这个回答让亚历克斯有些措手不及，不知该说啥好："我……我……"

"我没事，亚历克斯。"瑞恩平静下来，安慰道，"其实我也想这事早点儿了结。"

卢克打着手电筒，从墓门上一一扫过。突然，光照在了一扇打开的墓门上，他忙招呼亚历克斯他们过去："我找到了，在这儿。"

找到是一回事，进去是另一回事。三个小伙伴站在墓前你看看我、我看看你，最后，瑞恩和卢克齐齐把目光落到亚历克斯脸上。

亚历克斯吸了口气，感觉心跳加快了："好吧，我走在前面。"他站在门口，回过头来看了瑞恩和卢克一眼后，就举着手电筒义无反顾地走了进去。

突然有什么东西碰到他脸上，跟着又是一下。他一惊，拿手电筒照过去，看到了一条 15 厘米长的白色亚麻布条挂在凹凸不平的墓穴内侧，正迎着夜风轻轻摇摆着。

"不过是块旧布。"卢克满面笑容地看着他，好像在说："你个胆小鬼！"

瑞恩眼睛直直地盯着他。亚历克斯知道她想说什么，她一定是想起了那张裹着亚麻布的手的照片。

"都进来吧。"亚历克斯朝卢克和瑞恩招手道。

墓穴里有一股霉味儿。墙根处立着一排瓷罐，里面装着 170 年前的面包、牛肉干和谷物，幸好有盖子捂着。

瑞恩的手电筒的光照到了一个角落，她发现了某个不同寻常的东西："看，那儿有个雕像！"

"哇！"卢克惊叹道，"是那个坏人的像吧？"

雕像抬着一只手指向远方。亚历克斯仔细地端详着它的脸部、轮廓、体型，特别是那双米白色大理石铸成的眼珠。

"看起来是他。"他呼出一口气，想起了那张旧照片，"奇怪，这家伙真人要矮胖得多。"

"这么看来，这个墓就是他的了。"卢克说。

墓里及棺内现已空空如也，死亡行者到哪儿去了呢？

亚历克斯看了看门口，那块破布料仍在微风中轻轻摇摆着。他过去把它举在手中，感到除了有一股风从门口往里吹外，还有一股风是从墓穴后面吹向门口。他心里一动，走到后墙，看到墙面是一块大石板。

"铲子。"他伸出手来。

"给你。"卢克从包里拿出一把很旧的折叠铲，那是萨默斯在部队服役时用过的。

第十七章

深入虎穴

瑞恩领着亚历克斯穿行在黑暗的墓道中，以前她从不相信世上有什么魔力，只相信智慧才是破译一切谜题的钥匙。没想到今天，那只脏兮兮的木乃伊小猫竟然给她送来了她梦寐以求的护身符，紧接着脑中就像接收到外星人的信号似的，出现了这个图案。她甚至觉得这一切来得太容易了。

亚历克斯把薄如刀刃的铲头扳直后，插进大石板下用力撬着，石板岿然不动。试了两次后，他把铲子交给了等在一旁跃跃欲试的卢克。有体育天赋的卢克不像亚历克斯那样只知蛮干，他找准一个角度巧妙用力，石板很快滑开，露出一条缝来。三个人齐心合力推开石板，把那条缝扩到最大后，发现了一条倾斜向下的墓道，有微弱的绿白色的光从天花板上射下来。

亚历克斯背起背包，吩咐道："把手电筒关了。"

说完，他率先踏进了墓道。

瑞恩捡起小铲，把手电筒扔进背包，对亚历克斯发号施令的态度有些不满。"为什么不能多等几天，让我先看看那本关于威洛比的书再说？"她想。瑞恩觉得自己还没做好准备，她最讨厌的就是匆匆上阵，打无准备之仗。

为了让自己心理平衡点儿，瑞恩自我安慰似的找了些理由：我这么做是为了亚历克斯的妈妈、阿迪提博士、失踪的罗宾和其他人；我要帮亚历克斯消灭死亡行者、对抗兄弟会。

三个人小心翼翼地走在墓道中。走了五六米远，他们看到一个房间，摇曳的烛光从里面倾泻出来。三个人轻手轻脚来到门口，亚历克斯把头伸进去看了好久也不说话，瑞恩紧张地正想问他有什么事时，亚历克斯却挥挥手让他们进去："里边没人。"

房间很小，但布置得很精致。墙壁和天花板上铺着石膏板，银烛台上插着粗大的蜡烛。一面墙中间的搁架上放着一个金色的球状物，上面镶满了闪闪发光的宝石，在烛光照耀下熠熠生辉。

"哇！"卢克看呆了。

"这是……"亚历克斯问。

"王权宝球[①]，被盗的王室珠宝之一。"瑞恩看到这个，想起刺人的墓穴里也是摆满了偷来的装饰品，"上次刺人偷的是挂毯。"

"威洛比比刺人厉害得多，因为他醒来的时间要长得多。"亚历克斯说，"我们走吧，别在这儿浪费时间了。"

瑞恩理解亚历克斯的急迫心情，她也很担心他妈妈的安危，希望能尽快找到她。

还没走几步，亚历克斯突然举起右手，让大家暂停。

"怎么啦？"瑞恩问。

"我感觉有什么东西过来了。"亚历克斯说。

"我什么响动也没听到啊。"瑞恩小声说。

亚历克斯摇了摇头。他也没看到或听到什么，但他感觉到了。

---

①王权宝球：国王在正式仪式上携带的金球，是权力的象征。

他闭上眼，紧紧握住护身符。那种感觉越来越强烈。现在怎么办？撤回刚才那个小房间，还是继续前进寻找威洛比？

"继续走。"他下了决心，"我们走快点儿。"

亚历克斯和瑞恩走在前面，卢克落在后面。

走了约10米远，亚历克斯和瑞恩来到一个十字路口，墓道在这里分成了左右两条。亚历克斯感觉那个东西离他越来越近了。他一边集中精力准备找出那到底是什么东西，一边和瑞恩停下来等着卢克。

卢克也到了。他站在路口看了看右边，又看看左边，眼睛突然瞪大了。亚历克斯正想问他怎么了，就见一具木乃伊不知从哪儿跳了出来，张开裹着亚麻布的双手径直向卢克抓去。卢克骂了一句"混账，滚开"，一边灵活地避开木乃伊的手，从右边那条道跑了。木乃伊动作僵硬地跟在他身后追去。

"卢克！"当亚历克斯和瑞恩反应过来时，卢克和木乃伊已消失了踪影，他们只看到前方5米处有另一个十字路口。

亚历克斯本想用圣甲虫找出木乃伊的去向，却因两者相隔太远，圣甲虫已经感应不到木乃伊了。

内疚如潮水般向亚历克斯涌来：一切都是我的错，不仅阿迪提没救回来，现在又把表哥搭了进去。瑞恩早上说的话回响在他的脑中："是你把我拖进来的，你当然该负责到底！"

卢克也是被他拖进来的，他应该去救他！

亚历克斯和瑞恩来到下一个十字路口，估摸了一个可能的方向追下去，希望能在沿途发现一些线索。

"你不是可以感受到木乃伊吗？"瑞恩边跑边气喘吁吁地说，
"所以刚才你才叫我们走快点儿。"

"只有离得够近才感受得到。"

"是怎么感受到的？"

他们现在来到了又一个十字路口，感觉累得腰都直不起来了。
亚历克斯思考了一下瑞恩问的问题，说："我不知道。"其实他
是知道的，只是不想如实说出这个让他感觉不舒服的答案：因为
他们是死人，所以我能感受得到。

亚历克斯和瑞恩顺着迷宫般的墓道不知跑了多久，又看到一
个小房间。说是房间，不如说是洞穴更准确，因为里面没有任何装
饰。

"等等，我……"亚历克斯话说到一半停了下来。

"怎么啦？又有木乃伊来了？"

"不知道，"亚历克斯闭上了眼睛，"这次的感觉和上次不
同。"

"怎么个不同法？"

亚历克斯摇摇头："我也说不出来，就只是觉得不同。"突
然他睁开眼睛说道："它过来了！"

"跑吗？"

亚历克斯考虑了一下："不跑了，跟它会会。"

"我就知道你会这么说，但我们也没必要站在这儿，可以找个地方躲起来。"

亚历克斯觉得瑞恩说得对。在不清楚对方是谁之前，他们需要保存实力。"那我们藏到小房间里去。"他说。

房间里黑暗而沉闷。因为空间不大，他们不得不挤靠在一起。

瑞恩盯着门口，用颤抖的手紧紧抓着铲子："如果来的是那个利亚姆的话，不知道这次还能不能逃脱。这个地方看起来像是我们的坟墓。"

外面的响动朝着这边过来了。他们俩紧张地屏住气，感觉能听到血管中血液流动的声音。

"嘛呜？"

声音越来越近，越来越响，眨眼间就到了门口："嘛呜？"

瑞恩往后缩了缩，把身子抵在墙上。

一道阴影出现在门口，跟着一只脚伸了进来，亚历克斯简直不敢相信自己的眼睛。

"嘛呜？"小猫走了进来，"嘛呜？"

"原来是坎贝尔那只猫！"瑞恩松了口气，没想到猫死后的叫声会是"嘛呜""嘛呜"这样的。

"它怎么会在这儿？"亚历克斯有点儿想不通。

瑞恩把铲子一扔，一屁股坐在地上，刚伸出一只手，想了想又缩了回来："来，咪咪。"

小猫站在那儿考虑了一会儿，然后向瑞恩走来。它伸出一只爪子，把一个纯白色带细银链的东西放在了地上，接着退后一步看着瑞恩。

瑞恩的目光落在那个白色物体上，眼睛一下亮了起来。

"拿着吧，"亚历克斯兴奋地说，"这是你的！"

瑞恩拿起了护身符，心情既激动又惊讶。再看小猫时，它正在往外走。

"别走，咪咪。"瑞恩说，但猫这种特立独行的动物是从来不会遵从这种命令的。

待小猫身影消失后，瑞恩把护身符拿到光亮处细看："是一只鸟。"

"这是一只圣鹮鸟。"亚历克斯说，"是托特神①的象征，代表着智慧和思想。"

"托特神？"瑞恩喃喃道，"为什么小猫选中了我？"

"我想它是来报答你的，你上次把它从那堆乱七八糟的东西里救了出来。"

瑞恩笑着把护身符挂到颈上："现在我也有护身符了。"她用左手握住护身符，棕色的眼珠泛起一道银光，心里感到前所未有的镇定和安全。她脑海中浮现出一幅图像：漆黑一团的背景上绿光闪耀，正中间是一个绿得刺眼的"S"。

图像消失后，余影尚存。

---

①托特神：古埃及的智慧神和月亮神，据传是文字的发明者。

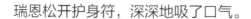

瑞恩松开护身符，深深地吸了口气。

"怎么啦？"亚历克斯问。

"我看到了一些东西，我想是这只鸟让我看到的。"

"你看到什么了？"

瑞恩不知该怎么描述，这种图案是她以前从没见过的，但她有种强烈的直觉：这是真实存在的，而非想象出来的。她走出房间，抬头看向两边的天花板。看到了！那个 S 形的图案正在一边的天花板上闪烁不已。

"我知道该走哪边了。"瑞恩说。

"你知道？"

"是的，跟我走吧。"

瑞恩领着亚历克斯穿行在黑暗的墓道中，以前她从不相信世上有什么魔力，只相信智慧才是破译一切谜题的钥匙。没想到今天，那只脏兮兮的木乃伊小猫竟然给她送来了她梦寐以求的护身符，紧接着脑中就像接收到外星人的信号似的，出现了这个图案。她甚至觉得这一切来得太容易了。

这时，他们又看到了一个房间，里面漆黑一团，什么也看不见。瑞恩的眼睛又泛起了银光。

"等等。"她停下来等着新图像的提示。

这次她看到的是一潭黑色的死水，上面有两个发光的圆圈。可等她反应过来这是两只眼睛时，已经太晚了……

第十八章

与塔－米沙相遇

　　小猫从两具木乃伊中间钻了进来。它看了看悬在空中的瑞恩，又看了看戴头套的塔－米沙，好像明白了什么，嘴里发出了愤怒的"咝咝"声。

"呼"！一股力突然袭来，把亚历克斯甩到了墙上。当他掉下来时，天花板上震落的黏土如雨点般洒了下来。

"亚历克斯！"听到响动的瑞恩转过身来，看到一个戴着鳄鱼头头套的人站在面前。长长的鳄鱼鼻像根枪管一样瞄着她，黑色的眼睛闪烁着荧荧绿光。一只看不见的手扼住了她的咽喉，她无力地挣扎着，只觉头昏眼花，全身发冷，好像血液已经凝固了似的。

随着一阵轻微的脚步声，两具木乃伊走了过来。他们瘦长的身体虽然被布条裹得严严实实，但从它们的体型仍可看出这是两个 10 多岁的男孩，在生前应该很健康。

这两具木乃伊抓住亚历克斯和瑞恩，不顾他们的挣扎，将他们拖进那个漆黑一团的小房间，用粗绳绑了个结实。

塔－米沙一挥手，点亮了房间里的蜡烛，亚历克斯这才看清了房间里的摆设——墙角放着一张简陋的床，对面是一个高大的石质祭坛，祭坛前立着两根石柱，看起来就像一个门。亚历克斯知道，这代表着连接阴阳两个世界的门户，是古埃及墓穴里的必备之物。

两具木乃伊守在房间门口，堵住了出去的通道。

亚历克斯用肩膀碰了碰身旁的瑞恩："快醒醒，瑞恩，我们有麻烦了。"

"麻烦？"瑞恩迷迷糊糊地嘟囔了一句，突然像想起什么似的猛地睁开眼，挣扎着想解开手上的绳子。

"别费劲了。"塔－米沙说。

瑞恩呆呆地看着塔－米沙，一下泄气了："天哪，又一个戴头套的'怪物'。"

亚历克斯也想起了戴鬣狗头套的阿－达布，看来戴头套的都有两下子。"你要干什么？"他毫不畏惧地大声质问道。

"注意你说话的语气，"塔－米沙说，"否则我把你的舌头割了。"

"我又不是吓大的，"亚历克斯记起刺人也对他进行过类似的威胁，"之前有个家伙也说过类似的话，不过他的结局似乎不太妙。"

"谁说他完了？"塔－米沙的声音穿过铁质头套，在房间里嗡嗡作响。

"我把他送回去了。"

"你真以为是这样？"

"就我所知——"

没等他说完话，塔－米沙就把手一挥，亚历克斯感觉被一股力量击中。他靠在墙上，感觉快要窒息了。

"听得出你充满了斗志，"塔－米沙说，"但战斗已经结束了，你输了。现在，你老老实实地回答我的问题。"

"凭什么？你以为这样就算把我打败了？"

"我相信你不会轻易承认失败，毕竟，你已经是死过一次的人了，也见证了由于你的重生，而造成的无数人死亡的惨状。"塔－米沙说到这里笑了，"其中也包括阿迪提博士。"

亚历克斯惊呆了，猛地抬起头来，瑞恩则难过地低下了头。

"是的，"塔－米沙说，"她已经死了。"

亚历克斯看了眼站在门口的木乃伊，塔－米沙见状说道："不，她没有成为木乃伊，她另有用途。"

亚历克斯瞬间明白了，阿迪提博士成了死亡行者吸取灵魂的牺牲品。

"可恶！"他恨恨地说。

塔－米沙没理会他的话："我有两个问题要问你，我只问一遍——"

"我不怕你。"

"也许你不怕，但你的朋友……"

亚历克斯看了看惊恐的瑞恩："不准伤害她！"

头套里传来一阵轻笑："你没看出来她比你安静得多吗？因为她识相。"说到这里，声音一转，变得冷冰冰的，"你不回答的话，她就得死！"

瑞恩的双手突然被一股看不见的力拽着举到了头顶，痛得她直喘粗气。

"快停下！"

"第一个问题……"

"快停下！"看着瑞恩的身体被拉得笔直，而她努力踮起脚尖的样子，亚历克斯绝望地叫道。

"你妈妈在哪儿？"

亚历克斯猛地回过头来，大脑一片茫然："你说什么？我妈不是在你们手上吗？"他心想，他们又在玩什么把戏？

"你再不说实话，我就把这姑娘杀了！"塔－米沙咆哮道，"她肯定是藏到'黑土地'去了，快说她在哪儿！"

亚历克斯不敢相信自己的耳朵，"黑土地"指的是埃及尼罗河沿岸一带，因黑色的肥沃土壤而得名。塔－米沙简直是在胡说八道。

瑞恩的脚已经离地，她悬在空中痛苦地呻吟着。

"我不知道！"亚历克斯声嘶力竭地吼道，"快把她放下来！"

就在这时，另一个声音传来了。

"嘛呜？"

小猫从两具木乃伊中间钻了进来。它看了看悬在空中的瑞恩，又看了看戴头套的塔－米沙，好像明白了什么，嘴里发出了愤怒的"咝咝"声。

"这是个什么东西？"被猫一打岔，塔－米沙走了神，瑞恩掉了下来，瘫倒在地上。

随着又一声怒吼，小猫朝塔－米沙扑去，在空中划过一道优美的弧线，准确无误地落在塔－米沙头上。塔－米沙踉踉跄跄地退后几步，背靠着墙，手忙脚乱地想把这只从天而降的猫从头上拉下去。

小猫弯下腰，它那双瘦骨嶙峋的前爪像鼓槌一样敲在铁质头套上："咚咚咚咚……"

"快来帮忙，你们这两个白痴！"塔－米沙气急败坏地叫道。

那两具木乃伊慌忙跑过去加入战斗。门口空了。亚历克斯看到了机会："快跑！"

"我们得去帮小猫！"瑞恩说。

话音未落，一只裹着布的断胳膊从他们眼前飞过，"啪"的一声落在门外。

"没必要，它能干着呢！"亚历克斯说。

果然，瑞恩看到，尽管敌众我寡，小猫却占尽了上风：它不依不饶地敲打着塔－米沙的脑袋，一具木乃伊想尽了办法也没抓住它，另一具木乃伊则正目瞪口呆地看着自己胳膊断掉的地方。

"多谢你，咪咪！"瑞恩感激地说，"你真行！"

他们俩飞奔出去。由于双手仍被绑着，挂在他们脖子上的护身符随着步伐一跳一跳的。

到了下一个拐弯处，他们躲进墙角，瑞恩从背包中摸出一把瑞士军刀，用牙齿咬住刀片露在刀鞘外面的部分把它拖出来，割断了亚历克斯手上的绳子。

重获自由后，亚历克斯回想起塔－米沙刚才说的那番话，感到不可思议。妈妈竟然没有落入"兄弟会"的魔掌？他们是在耍我吗？可信度有多高？他想着。

"亚历克斯！"瑞恩叫了他一声，把他拉回了现实。他回过神来，决定先解决眼前的困境："我们该往哪儿走？快用你的护身符看一看。"

"还用？刚才就是它把我们引到这儿来的，差点儿连命都没了。"

"这不能怪护身符！"

"那怪谁？我？"

"我不是这意思……"

"别劝我了，确实是因为这个护身符我们才到这儿的，我不会再干这种傻事了。再说了，这儿就两条路，要么原路返回，要么继续前进。"

"那我们继续前进。"亚历克斯把手伸进背包，确认装有咒语的文件袋还在里面。

又拐了一个弯，一个灯火通明的房间映入眼帘。

"应该就是这儿了，这儿是墓穴的中心。"瑞恩说。

"是的，这是祈祷室。"亚历克斯握住护身符，感到它热得发烫，这说明了一件事：威洛比上尉就在里面！

一个沙哑但清晰的声音从门里传了出来："欢迎光临。"

第十九章

初战落败

　　渐渐地，威洛比占了上风。风反吹到亚历克斯脸上，让他有一种正在高速公路上飙车的错觉。亚历克斯暗暗加了一把劲，试图挽回败局，但好像无济于事。

　　祈祷室的天花板上吊着一盏巨大的水晶灯。这里没有电源，但水晶灯仍亮着，把室内照得明晃晃的。墙上装饰着偷来的王冠珠宝，在水晶灯的映射下更显璀璨。

　　威洛比正站在石板后面，石板上绑着一个小男孩。听到两个人进来，男孩把脸转向他们，他嘴里塞着一块脏布，发出模糊不清的"嗯嗯唔唔"声。

　　看着似曾相识的头发、眼睛、一边高一边低的眉毛，瑞恩一眼认出这是谁："是那个叫罗宾的男孩！"

　　威洛比含混地嘟囔了几句。亚历克斯好不容易刚听清楚一个词"逃跑"，威洛比却打住话头，发出一串沙哑的狞笑。亚历克斯猜到了一二，罗宾试图逃跑，但被威洛比抓了回来。

　　威洛比对这种无人回应的对话很快没了兴趣，他不再理那两个闯进来的外人，而是拿起一根长长的带铜钩的探针，把注意力重新移回罗宾身上。

　　这种冷漠的态度把亚历克斯惹火了。他左手握住圣甲虫，右手狠狠推了出去，一股劲风打在威洛比手上。探针被震飞了，像支箭似的插进了后面的墙上。

威洛比气得大叫起来。

"快念咒语，"瑞恩说，"让他闭上那张臭嘴。"

亚历克斯知道瑞恩的意思，她一定是想起了曾差点儿被他吸食灵魂的那一幕。不能让历史重演！他取下背包，正准备拿出那卷《死亡之书》，却突感一股力打在自己肩上，亚历克斯一下摔倒在地。背包飞出去，"哐啷"一声落在地上。

威洛比从石板后面走过来，手掌五指并拢，一直紧紧地对着亚历克斯。亚历克斯挣扎着站了起来："我引起了你的注意，是吧？"语毕，他手推了出去，威洛比也不甘示弱地举手应战。

亚历克斯发出的风与威洛比的那股无形的力量在空中相遇，展开了一场意志力的较量。水晶吊灯剧烈地摇晃着，发出清脆的"叮当"声，亚历克斯却没在意，他的注意力全在威洛比身上。

亚历克斯感到心跳和脉搏越来越快，头也痛得厉害。但威洛比也不好过，他的呼吸越来越重，就像一个行将就木的老人正在做垂死挣扎。

这时，亚历克斯眼角的余光瞟到有道蓝光一闪，那应该是瑞恩的衬衫，但他不敢分心去看她在做什么。

渐渐地，威洛比占了上风。风反吹到亚历克斯脸上，让他有一种正在高速公路上飙车的错觉。亚历克斯暗暗加了一把劲，试图挽回败局，但好像无济于事。

威洛比脸上露出了得意的微笑，他胜利了！亚历克斯重重摔倒在地，膝盖和一条胳膊受伤了，头也痛得厉害，但威洛比看到了什么，不禁大吃一惊。

"你们想干什么？"他厉声喝道。

原来，瑞恩趁着刚才两个人交战正酣时把绑在石板上的罗宾救了下来。这会儿，他们正朝亚历克斯冲过来，瑞恩手里提着背包，罗宾边跑边把塞在嘴里的布取出来："我们快离开这儿！"

"不能就这样离开，"瑞恩把背包放在亚历克斯面前，说，"必须先把这个怪物了结了再说。"

亚历克斯把手伸进去摸到了文件袋。本以为威洛比会继续发力，没想到他站在那儿看着亚历克斯身后，饱经岁月沧桑的脸上隐约露出一丝猫戏老鼠般的微笑。

外面传来沉重的脚步声，亚历克斯回过头，正好看到一个几乎重达 125 千克的庞然大物走了进来。虽被亚麻布包裹得严严实实，但亚历克斯还是从似曾相识的体形一眼认出了它，没想到利亚姆死后变得更壮了。

第二十章

护身符的提示

眼看亚历克斯危在旦夕，绝望之中，瑞恩握住了她的护身符。她并不相信魔法，但这是她唯一的希望，也是目前她唯一能做的事。她祈盼出现奇迹。

利亚姆朝着亚历克斯和瑞恩直直地冲了过去，罗宾跳出来挡在他面前："喂，你个大笨蛋！"

"小心！"瑞恩倒抽了一口冷气，但利亚姆已经注意到罗宾了，他停顿了一秒，认出了眼前这个小男孩正是把他制成木乃伊的帮凶，不禁发出一声刺耳的怒吼。他不再理会先前的目标，转而追着罗宾跑。

威洛比朝亚历克斯和瑞恩走去，简洁明了地说道："一个得死，另一个则会成为我的新——"最后一个词虽没说出来，但他们俩都知道他要说的是什么——"助手"。

瑞恩没理会他，对亚历克斯道："快，抓紧时间！"

亚历克斯拿出了那条咒语。威洛比停下了脚步，即使是最业余的考古学家也能认出这是《死亡之书》，不过，他脸上并没有流露出害怕的神色。反观亚历克斯，他的手一直在紧张地发抖，让人担心稍不注意就会把那片干燥脆性的亚麻布撕破。

"他离得太近了。"瑞恩说。

亚历克斯明白瑞恩的意思。威洛比距他不到 5 米，也许还不等他把咒语读完，就会被威洛比击倒在地或是吸走魂魄。

"来啊，来追我啊，你个大笨蛋！"罗宾引着利亚姆围着石板绕了几圈后，突然一个转身朝威洛比跑来，利亚姆笨拙地跟在他身后。

"他真聪明。"亚历克斯说。

威洛比听到响动，转过头去看罗宾和利亚姆。罗宾做了个足球场上常见的假动作，他对准威洛比冲过来，却只是虚晃一枪，一眨眼向右飞奔而去，但利亚姆上当了，仍然直直地朝威洛比走去。亚历克斯抓住这个机会握住护身符，对准利亚姆的脚狠狠一挥手。

强风卷起利亚姆，像打保龄球一样把他朝威洛比扔去，很快两个大坏蛋就撞在一起并倒在了地上。

亚历克斯握住护身符开始念咒语："小偷！盗贼！回来吧！回来接受正义的审判……"读到一半时，他听到威洛比把压在他身上的利亚姆推开；读到四分之三处时，他听到威洛比嘴里含混地骂着，挣扎了几次似乎一直站不起来。

"这条管用！"瑞恩欣喜地说，"他快动不了啦。"

随着亚历克斯的诵读，古老的文字被激活了，它们闪耀着越来越强烈的光芒，使得头顶上的水晶灯都黯然失色。

终于，亚历克斯读完了最后一个字。他抬起头，以为会看到威洛比像刺人一样变成干尸，没想到后者半跪在地上，摇着头仿佛想不明白似的。接着威洛比站了起来，利亚姆也跟着站起身，头顶上的水晶灯似乎更亮了。

"这是怎么回事？"瑞恩口气里充满了挫败感。

"我……"亚历克斯不知道该说什么。他曾经那么自信，没想到还是弄错了咒语。完了，他们在劫难逃了！

"你念的那个没用，是吗？"罗宾问。

对于这个问题，威洛比用实际行动给予了回答，他抬起手狠狠向空气砍去。

"啊！"亚历克斯只感到肚子一阵翻江倒海，痛得难以承受。

《死亡之书》从亚历克斯手中滑落，在它掉在地上之前，威洛比又发了一次力，将亚历克斯击倒在地。之后，他看都没看瑞恩和罗宾一眼，不慌不忙朝着亚历克斯走去，决心先把他解决了。

眼看亚历克斯危在旦夕，绝望之中，瑞恩握住了她的护身符。她并不相信魔法，但这是她唯一的希望，也是目前她唯一能做的事。她祈盼出现奇迹。

瑞恩学着亚历克斯的样子举起右手，对着威洛比一挥。可是，什么都没发生。她又试了一次，还是不行！

"我真没用。"她绝望地想。就在这时，她眼前浮现出一幅图像：空荡荡的法庭，一张油光锃亮的木桌上放着一盏未点亮的油灯。"这是什么意思？"瑞恩想起亚历克斯似乎说过，威洛比曾被诉讼到法庭，却在受审前潜逃去了埃及。

接下来是一幅新的图像：一条胳膊，一块木板。

"这又是什么意思？"她想。罗宾冲她喊了句什么，但瑞恩置若罔闻，她头脑一片空白，连利亚姆从她身边经过都没注意到。

接下来出现了第三幅图像：一把斧头。

法庭、胳膊、斧头，还有亚历克斯说的那句话——"在等待庭审期间他逃去了埃及"，交叠出现在她脑海中。突然她灵光一闪，恍然大悟："我知道了，原来是这个原因！"

瑞恩迅速扫了一眼房间：亚历克斯浑身抽搐着躺在地上，只剩最后一口气了，利亚姆挡在门口，罗宾则缩在墙角瑟瑟发抖。

"快到我这儿来！"她朝罗宾喊道。

亚历克斯翻了个身，肋骨像是折断了，火辣辣地痛得厉害。他咳了几声，感觉有什么从嘴里涌了出来，用手一抹，手背上一片鲜红。威洛比正站在他面前，冷酷地盯着他。在威洛比身后稍远处，他看到瑞恩正跟罗宾低声说着什么。

亚历克斯摸索着抓起护身符，用仅剩的一点儿力气握住它，但当他把右手推出去时，发现只发出了一丝弱风，完全不足以撼动威洛比。圣甲虫从他手中无力地滑落下来，他耳边响起了威洛比得意的笑声。

"我要死了，"亚历克斯想，"我要死在这儿了，只可惜还没找到妈妈。"威洛比只需要再挥一次手，一切就将结束了。

"停！"瑞恩突然跑过来挡在亚历克斯面前，"如果你把我们两个杀了，你就没有助手了！"

"我可以做你的助手，"一个声音传来，"我会老老实实帮你做事，再也不跑了。"

"罗宾！"瑞恩叫道，"没想到你是这样的人！"

"我是怎样的人你管不着，咱们俩又没什么关系。"罗宾耸了耸肩，"我只想活下去。"

瑞恩怒目注视着罗宾，亚历克斯也想这样，但他连抬起头来的力气也没有了。

"这两个人不劳你动手，让我来吧。"罗宾说着，举起了一把锋利的用于修剪树篱的大剪刀，刀刃在灯光下闪着寒光，让人望而生畏。

威洛比含笑望着他曾经的助手，当然也会是他以后的助手，就像是获得一件失而复得的宝贝。

趁此机会，瑞恩小声对亚历克斯说："注意听我说，也许能扭转局面。"

"什么？"亚历克斯吃力地问。

"我想这条咒语不管用的原因，是因为他是个贼，应该先在生前的世界受到处罚，死后才能在阴间受到审判。"

亚历克斯对古埃及审判程序也有所了解，听瑞恩一提醒，一下恍然大悟："是的，可惜的是生前他逃脱了处罚……"

瑞恩点点头，看向威洛比。后者不慌不忙地把手背到身后，准备凌厉一击把面前的两个人一齐杀死。

"按照法律，对盗墓贼处以的刑罚是……"瑞恩喃喃道。

"嗖"！罗宾怀着满腔怒火，倾尽全力将剪刀插进了威洛比的身体。利刃在他的骨肉中游走，响起了伤筋断骨的声音。

"……砍去他的手。"瑞恩宣判完毕。

话音一落，威洛比的一只手掉在地上，发出一声闷响。

第二十一章

崩塌

　　终于，在意识渐渐模糊、力气即将耗尽之际，亚历克斯感到一股新鲜的风吹到他脸上。他睁开眼，看到了墓穴入口那扇半开的石门。从石门望出去，海格特公墓苍茫的夜色尽收眼底。

场上局势瞬间发生了翻天覆地的变化。

威洛比像是突然失去了支撑力，一下跪倒在地。他看看罗宾，又不甘心地望向门口，发现利亚姆已瘫倒在地，脸部皮肤正在迅速老化。

威洛比感到自己也好不到哪儿去，身上的力气正在快速流失。他挣扎着吐出最后一口气后，徐徐闭上了眼睛，皮肤变干，肌肉萎缩，整个人变成了一具皮包骨头的骷髅。

亚历克斯和瑞恩激动地看着这一切！虽有些后怕，但此刻在他们心中更多的是获胜后的满足和喜悦。

"你咒语是用对了的，"瑞恩笑着说，"缺的只是砍断他的手这一步。"

罗宾扔下剪刀，朝他们俩跑了过来。

"你真行！"瑞恩夸赞道。

"真恶心！"罗宾说，"自从被抓到这儿来后，都见了不少恶心事啦！"

亚历克斯这才意识到，刚才是瑞恩和罗宾自编自导的一场戏。"干得漂亮。"他吃力地对罗宾说。

亚历克斯又把目光落在瑞恩身上，这是来伦敦后他第一次这么认真地端详她：这个穿着蓝衬衫、牛仔裤，脸蛋脏得像只小花猫的小姑娘，在危急时刻沉着冷静、足智多谋，不仅一举挽回败局，还救了他的命。

"这次多亏了你。"他由衷地夸道。

瑞恩顽皮地笑了："那是！有空你也试试我这只护身符。"

亚历克斯高兴地点了点头。这时他们听到从威洛比的尸体处传来汩汩的流水声，很快周边的地面就被染红了，灯光开始黯淡下来。

"真恶心。"瑞恩说。

房间微微抖动了一下。

"我们快离开这儿。"亚历克斯说。

瑞恩和罗宾一起将亚历克斯扶着站了起来，亚历克斯只觉得浑身上下到处都在疼。

瑞恩掏出手电筒，把《死亡之书》装进了背包。"得把王冠珠宝带走。"她说。

"当然。"亚历克斯赞同道。

亚历克斯和瑞恩在博物馆耳濡目染多年，自然不可能让这些无价之宝给威洛比陪葬。趁着灯还没彻底熄灭，罗宾和瑞恩抓紧时间收拾着珠宝，包括紫色王冠和镶钻的权杖，无一遗漏。

房间时不时抖动一下，且幅度越来越大。亚历克斯用手电筒照了照天花板，没看到横梁一类的支撑物。

他明白了，是威洛比支撑着这个地下迷宫，也是他让水晶灯在没有通电的情况下发亮的。他把手电筒照回到威洛比尸体上，他的血已快流尽了，尸体旁形成了一片红色的水洼。

突然，整个房间剧烈地抖动起来，泥土碎渣如雨点般从天花板上洒下来，墙上的石膏板也裂开了，发出了"咯吱咯吱"的声音。

"快走，这儿快要塌了！"瑞恩叫道。

瑞恩和罗宾扶起亚历克斯。"我能自己走，"亚历克斯说。他感到体力正在慢慢恢复，"你们俩快走，我尽量跟上。"

但瑞恩和罗宾都坚决地摇了摇头，亚历克斯知道没条件和他们讨价还价，只得由他们扶着往前走。墓道里漆黑一片，之前的绿光已经消失了，他们不得不打开手电筒照亮。空气中弥漫着一股恶心的血味儿。

"这边！"瑞恩一只手紧紧握住护身符，用它来指引方向。

走了不知多久，前面路口突然传来一声呼喊："亚历克斯、瑞恩，是你们吗？"

手电筒光射过去，竟然是卢克！

亚历克斯除了笑，都激动得说不出话来，瑞恩也很兴奋："你之前跑哪儿去了？一切都还好吧？"

"我不是被那具木乃伊追着跑吗？追着追着它突然就倒下完蛋了。"

"你一直在跑？"瑞恩把手电筒照在卢克身上，果然看见他的 T 恤已经湿透了。

卢克耸耸肩，道："可不是吗？就在这儿绕着圈跑，可能跑了 20 多千米呢。"

"亚历克斯受伤了，快来扶着。"

卢克过来扶住了亚历克斯。一行人在黑暗的墓道中摸索着前进。

一路上他们没再遇到塔－米沙，这不奇怪，因为塔－米沙和小猫交战的地方在另一条墓道。

不过，没遇上塔－米沙并不意味着万事大吉，碎泥渣不断从墙上和天花板上掉下来，整条墓道摇摇欲坠，如果他们不能及时逃出去，这儿就将成为他们的葬身之地。

尽管情况危急，却没人丢下行动不便的亚历克斯自顾自地逃命，他们早已下定决心：要么一起出去，要么一起葬身于此！

一块五六十厘米厚的石板突然从天花板上"咚"的一声掉了下来，正好落在他们面前。众人正在庆幸这块石板没有砸在他们头上，就听到身后隆隆声响起，整个墓穴开始土崩瓦解。一时间，泥石俱下、尘土飞扬。

"我们出不去了！"罗宾大惊失色道。

"不，我们出得去！"亚历克斯不能接受这种说法。

他咬牙忍住剧烈的头痛，闭上眼睛用左手握紧了护身符，另一只手五指张开伸出去。

一股风刮了起来，风力越来越强，在他们周围形成了一条拱形"风道",挡住了落下的泥石块,护送着一行人安然无恙地继续前行。

终于,在意识渐渐模糊、力气即将耗尽之际,亚历克斯感到一股新鲜的风吹到他脸上。他睁开眼,看到了墓穴入口那扇半开的石门。从石门望出去,海格特公墓苍茫的夜色尽收眼底。

第二十二章

新计划

　　瑞恩一边等着亚历克斯和托德曼起身，一边把那张她一直保存着的寻人启事折叠起来。

　　"那我们下一步就是去埃及，对吧？"亚历克斯问。

　　"是的，"托德曼说，"你不是还有很多谜题没解开吗？我相信答案就在'黑土地'。"

出租车在坎贝尔文物馆门前停下，亚历克斯他们把兜里的钱全掏出来才凑够了车费。瑞恩用钥匙打开大门，一行人偏偏倒倒走了进去。亚历克斯跛着一只脚落在最后，他一门心思想着赶快上楼吃几片阿司匹林，却听到了一声熟悉的带有德国口音的招呼传来："孩子们，你们好。"

亚历克斯抬起头，看到托德曼拄着一根黑色的拐杖，正微笑着看着他们。

"哇，好高兴见到你。"瑞恩跑过去给了托德曼一个热情的拥抱。亚历克斯站着没动，但他的笑容很灿烂。"我妈不在那些人手上！"他说。

几分钟后，他们在文物馆接待区开了个总结会。亚历克斯和瑞恩坐在一张破旧的沙发上，托德曼坐在他们俩对面的木椅上，罗宾站在门口，卢克则坐在地板上。亚历克斯把这几天来的经历详细讲给了托德曼听。说完后，他喘了喘气，让呼吸慢慢平稳下来。

"黑土地？"托德曼重复了一遍。

"是的，他们说我妈不在他们那儿，认为她在埃及。"

"那她会在哪儿呢？"瑞恩问，"如果她没有被兄弟会抓走，如果兄弟会也在找她……"

托德曼接上话："那她为什么会躲着我们？"

亚历克斯脸上的笑容消失了，是啊，她有什么必要躲着我？"她这么做一定是有理由的，她不可能——"说到这儿，他想到了什么，对瑞恩说，"你的护身符有没有什么提示？"

"你把它当什么了，亚历克斯，魔力8号球①？"瑞恩低头看着她的护身符。过了一会儿，她轻轻说道："不过，我还是试了下，它什么提示也没给我。"

"你用对了吗？"

"你什么意思？你干脆明说我连怎么用都不知道！"

亚历克斯让步道："对不起，我只是想，也许……"

瑞恩也消气了："我知道，没事。"

亚历克斯充满感激地看着瑞恩，虽然他们俩时有分歧，也会争吵，但更多的是互相帮助、共同出生入死。他们两个都是彼此最好的朋友，谁也离不了谁。

"对了，我还记得塔－米沙，就是那个戴鳄鱼头头套的人，说我们并没有真正消灭刺人，"瑞恩对托德曼说，"原话记不清了，但就是这么个意思。"

托德曼想了一下，道："他说得也许对，我也想过这个问题。

---

①魔力8号球：一种随机出答案的玩具。

《死亡之书》和圣甲虫能把死亡行者送回阴间，但你们想想，他们就是从那儿逃出来的——"

亚历克斯明白了："他们可以仍然停留在阴阳两个世界的交界处，以逃避最后的审判。"

"然后等待时机再次返回阳间。"托德曼接着说，"而且，因为已经复活过一次，他们会变得更强大。"

"你不是在开玩笑吧，他们竟然还会回来？"瑞恩问。

"不是玩笑。因为他们没有接受过审判，就是那个称心的测试。由于生前作恶太多，这些恶人是铁定通不过这个测试的，将会被打入地狱永世不得超生，他们也知道这一点。"

"那我们该怎么办呢？"瑞恩问。

"可以用'失传的符咒'来对付他们。"亚历克斯说。

"是的，"托德曼说，"'失传的符咒'比《死亡之书》的法力强得多，而且我相信上面有一条是有关'称心'这个审判的，我想这也许就是兄弟会把它偷走的原因。"

萨默斯踱进来，递给亚历克斯一个新的冰袋。此前，在亚历克斯讲述时，他一直在旁默默地听着，直到讲完阿迪提博士的遭遇后老人才起身离开。

"谢谢。"亚历克斯换下旧冰袋，把新的敷上去，一种战栗感瞬间传遍他全身。他靠在沙发上，问："我还有很多不明白的地方，比如，为什么威洛比转世后看起来更像他的雕像，而不是他照片上的样子呢？"

托德曼思索片刻，道："古埃及人相信，他们转世后会继承雕像的容貌。对了，你出来时，看到那个雕像是不是也断了一只手？"

"当时忙着逃命，都没顾得上看。"

"我也没注意。"瑞恩说，"当时光线也暗。"

他们把目光转向卢克。卢克正低头弯腰系鞋带。仿佛感觉到了目光，他头也不抬地说："你们别看我，我一秒钟都没用到就蹿出去了。"

这时，大门上传来了几声急促的敲门声。紧接着他们听到隔壁房间的萨默斯开了门，引进几个人来，随即传来低低的交谈声。

"我家人来了！"罗宾兴奋地冲了出去。

卢克也跟着站起身来。"家庭团聚的激动场面你们不去见识一下？"他笑道。

瑞恩一边等着亚历克斯和托德曼起身，一边把那张她一直保存着的寻人启事折叠起来。

"那我们下一步就是去埃及，对吧？"亚历克斯问。

"是的，"托德曼说，"你不是还有很多谜题没解开吗？我相信答案就在'黑土地'。"

"嗯，还有我妈的下落。"

"还有'失传的符咒'。"瑞恩说。

"埃及肯定会有另一个死亡行者等着我们，"托德曼说，"也许还不止一个。"

隔壁房间里正在上演着一幕家庭团聚的温馨剧情，除了那对喜极而泣的中年夫妇，他们还看到了一位浅棕色头发的女士，眉毛也是一边高一边低，正热泪盈眶拥抱着自己失而复得的儿子。

众人静悄悄地站在一边，不去打扰这家人的久别重逢。

"死亡行者变得更强大了。"瑞恩还在念叨着这事。

"但我们也更强大了，不是吗？"亚历克斯百感交集地说。

众人闻言纷纷点头表示同意。罗宾的家人与他们一一拥抱致谢。等罗宾他们离去后，亚历克斯一行人也各自回房休息去了，坎贝尔文物馆内终于安静下来。

埃及，掩映在一片流沙下面的兄弟会总部里，墙上一扇橘红色的假门突然闪烁起来，一个人从墙上出来进到房间。之后，假门的光芒渐渐隐去，墙面又恢复了原样。

进来的人头上戴着鳄鱼头头套，上面满是新鲜抓痕，令人触目惊心。房间里还有个戴着秃鹫头头套的人。

塔－米沙来到"秃鹫"面前，开门见山道："英国人已经完了。还是那个男孩干的，这次还多了个男孩。不过没关系，他们改变不了什么。"

"秃鹫"点点头，道："是的，护身符守护者阻止不了即将到来的变革，我将告诉他一切按原计划行事！"

古墓藏宝阁

你们知道吗，本书中提到的许多地点、现象在现实中都真实存在，让我们一起来看看它们是如何轰动世界的吧！

1. 大英博物馆——世界上历史最悠久的博物馆

大英博物馆，本书故事主要发生地之一，建立于1753年，是世界上历史最悠久、规模最宏大的综合性博物馆。该博物馆收藏了世界各地的众多文物和图书珍品，藏品之丰富、种类之繁多，为全世界博物馆所罕见。在众多文物馆中，埃及馆是最大的陈列馆，里面展有大型的人兽石雕、庙宇建筑，为数众多的木乃伊、碑文壁画等，其展品的年代可上溯到5000多年以前，藏品数量达10万多件，其中最有名的要属《尼亚的死者之书》。

2. 海格特公墓——马克思墓所在地

海格特公墓，本书故事另一主要发生地，位于英国伦敦北郊。伟大的无产阶级领袖马克思就长眠于此，而英国物理学家、化学家法拉第也葬在此处。可以说海格特公墓就是个"名人聚集地"。

然而，让海格特公墓名声大振的并非马克思，而是"海格特公墓吸血鬼"事件！两名少女声称被墓地里的吸血鬼袭击，随后引来大批"捉鬼"的公众。这一事件后来也成为许多幻想小说的素材。

3. 圣鹮（huán）鸟

在本书中，女主人公瑞恩所得的护身符就是圣鹮鸟，那是一种身体大部分呈白色，头、颈和羽翼末梢为黑色的鸟，生活在环境极其恶劣的沼泽和泥泞地区。圣鹮不仅可以对抗蛇，相传将圣鹮作为祭牲，还可以杀死带来瘟疫的苍蝇。所以古埃及人对其极为尊崇，甚至曾将它奉为智慧与思想之神顶礼膜拜。

据史料记载，古埃及人常将圣鹮当作圣物悉心饲养，所以其形象时常出现在古埃及壁画、浮雕以及文学作品之中，甚至会被制成木乃伊、护身符等。

4. 黑土地

本书最后提到亚历克斯的妈妈可能去了"黑土地"。其实这里的黑土地指的就是埃及。

古埃及处在尼罗河中下游，常年累月，淤泥便堆积了起来。古埃及人发现，这些淤泥极其肥沃，只要在上面撒上种子，栽上农作物，就可以坐等丰收了。因此，古埃及人总是把自己的国家称为"凯麦特"（即黑土地）。

5. "红雨"现象

本书中提到的天空下红雨的现象并非作者胡诌，2001年7月25日，印度西部喀拉拉邦就被报突降"红雨"，血红色的液体断断续续地下了两个月。在部分地区，红雨如注，海岸、河水都被染成一片鲜红，当地居民用自来水洗衣服，衣服也变成了粉红色。

红雨现象最初假定为陨石爆炸的灰烬所造成。而印度政府委托的研究机构出具的研究报告，却指出红雨水是因某地大量繁殖的海藻孢子造成。直至2006年，圣雄甘地大学提出这些雨滴含有外星生命细胞的假说，瞬间引起全世界瞩目。

古墓通关

经历了《古墓奇谭》第二部的探险旅程，各位勇敢的小读者是不是对这段惊险奇妙而又充满刺激的探险之旅更加期待了呢？那就让我们继续出发吧！

古墓探险的两位小主人公对各位小读者的邀请正在持续中，加入我们的探险小队吧！用手中的笔代替脚步，完成下面的古墓通行小关卡，成绩优秀者，可免费获得《古墓奇谭》第三部哦！

1. 在这一阶段的探险中，故事发生的主要地点是哪个国家的哪座城市呢？

_____

_____

2. 瑞恩的护身符是由谁送给她的？发生在全书的第几章？

_____

_____

3.开动一下你智慧的头脑，想象并预测一下，亚历克斯的妈妈到底在什么地方，会是一个怎样的处境呢？

_____

_____

（活动规则：用黑色水性笔将答案工整地填写在每道题对应的答题栏中，将填好的答案寄回编辑部，我们将从中选出前50名成绩优秀者，并送出《古墓奇谭》第三部。）

邮寄地址：北京市朝阳区南磨房路37号华腾北搪商务大厦1501室《意林·少年版》编辑部　邮编：100022

本活动最终解释权归《意林·少年版》编辑部所有

在伦敦与死亡行者的恶斗中，亚历克斯得到了一个让他震惊的消息：妈妈并没有落入兄弟会之手！相反，她很可能逃到了埃及。于是，亚历克斯和他的朋友们又辗转千里去到埃及。没想到，他们一去到那里就状况不断！整个埃及混乱不堪，其状况比伦敦更为诡异：风中飘荡着亡灵的声音，仿佛在谈论一些黑暗的秘密；著名的古埃及陵墓区帝王谷更是处在离奇的高温中，昔日的旅游胜地变成了熔炉。

而且不管他们走到哪儿，做出什么决定，兄弟会就像有千里眼、顺风耳似的，对他们的行踪了如指掌！虽然，从开罗、卢克索到帝王谷，他们躲开了兄弟会的重重追杀，但一个疑问也在众人心里升起：难道我们中间出了叛徒？

亚历克斯一行冒着生命危险深入帝王谷，在这里他们遇到了盗墓贼和图坦卡蒙国王。这些人是敌是友？前有死亡行者，后有兄弟会追兵，叛徒也渐渐露出了自己的真面目，亚历克斯他们能再一次死里逃生、化险为夷吗？**敬请关注《古墓奇谭3 帝王谷》！**